本書由河南大學黄河文明省部共建協同創新中心資助出版

◎清代中州名家叢書

李樹穀集

〔清〕李樹穀 著

朱志遠 點校

中州古籍出版社
·鄭州·

圖書在版編目（CIP）數據

李樹穀集 / 李樹穀著 ; 朱志遠點校 . —鄭州 : 中州古籍出版社，2022. 9

（清代中州名家叢書）

ISBN 978-7-5348-9958-4

Ⅰ . ①李… Ⅱ . ①李…②朱… Ⅲ . ①古典文學 – 作品綜合集 – 中國 – 清代 Ⅳ . ① I214.92

中國版本圖書館 CIP 數據核字（2021）第 238043 號

LI SHUGU JI

李樹穀集

出 版 人　許紹山
策劃編輯　馬　達
統　　籌　劉　曉
責任編輯　李曉麗
責任校對　劉麗佳
裝幀設計　曾晶晶

出 版 社　中州古籍出版社（地址：鄭州市鄭東新區祥盛街 27 號 6 層　郵編：450016　電話：0371-65788693）
發行單位　河南省新華書店發行集團有限公司
承印單位　河南瑞之光印刷股份有限公司
開　　本　890 mm × 1240 mm　1/32
印　　張　10.625
字　　數　256 千字
版　　次　2022 年 9 月第 1 版
印　　次　2022 年 9 月第 1 次印刷
定　　價　42.00 元

前言

李樹穀生卒不詳，字季方，號東川，河南夏邑人。他生活在清代乾隆和嘉慶年間，是清代著名詩人，乾隆三十六年（一七七一）舉人，歷官湖南永興、華容、祁陽等縣知事。他的祖父李蔚是康熙三十九年（一七〇〇）進士，後轉翰林院庶吉士。青少年時期的李樹穀十分聰慧，喜讀書，博聞强識，擅長寫詩。其兄李樹庸的詩文也寫得很出色，兄弟二人在商丘一帶頗有名氣，世稱『二李』。乾隆三十六年（一七七一），李樹穀應鄉試中舉。以後相繼在湖南做官多年。李樹穀爲官期間，關心民間疾苦，對人民既注重教育又注重頤養，因而深得民心。李樹穀爲官清廉，兩袖清風，生活簡樸，他曾在祁陽爲官，待到去官離開祁陽之時，車上所載盡是他所著的詩集以及他喜愛的書籍。

李樹穀在湖南做官期間，處理政務之餘，恣意寄情詩酒山水。他多才多藝，不僅工詩善文，而且擅長書法、繪畫和篆刻，作品具有獨特的藝術風格，能够不落窠臼，自成一家。李樹穀素喜交友，性情和善。凡有人請他題字和刻字，他都慨然應允。湖南一帶多有山水名勝，古迹棋布。李樹穀於政暇常去游覽憑吊，賦詩抒懷，并廣爲搜集古代碑刻，有所得則如獲至寶，歸來與諸生一起欣賞玩摩。一時之間，文人學士争相效尤，形成了一種風氣。

李樹穀博覽群書，知識廣博，尤其喜歡讀史書，有所感則以文抒發情懷。評人論事不落俗套。在歷代英杰人物中他最佩服三個人，即諸葛亮、郭子儀和岳飛。李樹穀認爲，他們是不因天命成敗而竭忠報國的人，正所謂鞠躬盡瘁、死而後已。他們的業績、品格皆可與日月争輝，光照千秋。爲此，李樹穀曾經特意爲諸葛亮、郭子儀和岳飛三人畫像，并命名爲《三忠圖》，以表達自己對忠臣志士的仰慕之情，同時也寄托了自己的志向。

李樹穀爲官時，寄情於詩酒山水之間，他曾因飲酒廢事而丢掉官職，但并不以仕途的進退得失爲意。嘉庆五年（一八〇〇）前後，李樹穀在湖南祁陽任時被劾離官，時值席捲湖南、貴州、四川三省的以苗族为主的少數民族大起義，歸途受阻，他被困於湖南，暫不得返鄉，只好在湖南辰州、郴州一帶設館教書。從此越發縱情飲酒賦詩，寄情山水，排遣胸中鬱悶。他在湖南羈留六年，約在嘉庆十二年（一八〇七），開始北上返鄉。他又在浙江一帶游歷，後客居開封，直至患了重病纔返回夏邑老家。其《楚南集八・患瘍》一詩係嘉慶十五年（一八一〇）所寫，可知此時樹穀在世。此後約在嘉慶二十四年（一八一九），李樹穀在夏邑病逝，卒時約七十歲。

李樹穀生活在清朝中期，這一時期清王朝經過順治、康熙、雍正三帝近百年的發展，已然鞏固了在關内的統治地位，且經歷了歷史上有名的『康熙之治』。到了乾隆年間，社會經濟進入了一個新的發展時期。同時，清廷加强了對人民的思想控制，屢興『文字獄』，殘害知識分子。乾隆帝在位的六十年間，文網尤爲嚴密，製造許多慘無人道的『文字獄』，都是無中生有、借題發揮。在這種社會環境中，李樹穀的詩歌創作自然受到極大的壓抑和束縛，這就是李樹穀多題箋唱和、寄情山水之作的原因。無奈之下，他只能寫閑情逸致，借憑吊古迹去抒發懷古之幽情，而絶少有反映社會嚴酷現實的内容。從李樹穀詩歌中我們還是可以隱約感受到他那被壓抑的政治關懷。正所謂『欲言難言、每爲寄托，而意興之遠，正由寄托而出。』（《中州先哲傳》卷二十八）

李樹穀的朋友馬時芳有一次拿着自己的詩請樹穀指教，樹穀看了馬時芳的詩當面評論其詩説太過平淡，并舉其《納凉》詩句規勸：『遠風颯然至，傾耳盈清音。』馬時芳幡然有悟，回去後竟把自己的詩删掉了十之六七。

李樹穀寫詩不便表現社會現實，便常常借憑吊古迹抒發感情。他在淮陰游覽漢代名將韓信的釣魚臺遺址時寫了一首五言絶句《淮陰釣臺》：

鏡室禍誠冤，真王何可假。
早知走狗烹，盍歸此臺下。

這首小詩表露了李樹穀不願與當政者同流合污，不甘當朝廷鷹犬的思想，表現出他對最高統治者本質的深刻認識。借古喻今，表達得含蓄隱晦。不論從思想意義還是寫作技巧上來説都是值得稱道的。

乾隆五十一年（一七八六），李樹穀游覽了赤壁古戰場遺址，寫下了《赤壁懷古》（丙午）：

危壁丹削高巉空，大江千里流向東。
傳是縱火破敵地，壁色猶疑烟焰紅。
遥想刀磨雪一片，鐵鎖聯艦驕不戰。
南飛烏鵲依無枝，炬明灰來立時變。
帳前顧曲衣錦裘，周郎年少真風流。
羽扇綸巾更名士，龍驤虎視誰匹儔。
江山如畫雲出没，昔人何處覓朽骨。
只今曾照釃酒時，夜深唯有山間月。

面對當年吴蜀聯軍大破曹軍的古戰場遺址，作者浮想聯翩，想到了曹操、周瑜、諸葛亮等諸多歷史英雄人物和他們的業績，然而這一切都如這奔流的江水一去不返，一代英雄而今安在？從這些歷史人物的沉浮中抒發了他對人生的感慨。作者贊大自然之無窮，嘆人生之短暫，深感人猶『寄蜉蝣於天地，渺滄海之一粟』（蘇軾《前赤壁賦》），於是自然産生『哀吾生之須臾，羨長江之無窮』(同上)的慨嘆。詩中作者還表達了對諸葛亮的敬慕之情,寄托了自己的志向。

再看他的另一首借物托情的長詩——《小雲來歌(并序)》。

友人游關中歸,携升水石見惠,石徑數寸,崒嵂璁瓏,宛然仙嶠。余置之硯池,名曰『小雲來』,爲作歌。

雲來山杳扶桑東,十洲環之溟渤雄。
有時起登月館望,聚米縈帶排空濛。
我昔乘風夢游戲,蒼茫光色相冲融。
故人遠出秦關右,濯足香泉森碧松。
泉上异石石升水,一峰縮納懷袖中。
千里行歸用持贈,毡苞席裹猶重重。
洗置硯池自狂喜,虚宇晴削金芙蓉。
陰陽絲黍細分辨,淡忘朝餐眩兩瞳。
從此濃嵐與積翠,翻嫌擁腫煩清胸。
何似一髮殫奇奥,混沌闢鑿勞天工。
下繞烟波立花木,上流雲氣藏鸞龍。

烟波雲氣接連處，隱然内有仙真宫。
扶桑萬里移几案，秋毫勝景當無窮。
對久乃知人間世，百年只在呼吸通。
淺深往時率略半，終日揚塵三五逢。
因悟神官七言訣，長生不外達者衷。
盈尺曉昏注目了，一漚黄海磨青銅。

這是李樹穀詩歌代表作之一。在這首長達二百三十八字的《小雲來歌》中，李樹穀通過對友人所贈升水石的淋漓盡致的描寫，曲折隱晦地表達了他消極避世、欲言難言的苦悶心緒。

李樹穀處於清政府屢興『文字獄』、知識分子被殘酷迫害的歷史時期，作爲一個有才能、有抱負的知識分子，他尤其感受到清朝統治者對知識分子的壓制。李樹穀只好使寫作題材避開殘酷的社會現實而轉向花草魚蟲和自然山水，借以轉移自己的苦悶思想和抒發自己的思想感情。不然，一個『徑數寸』的升水石不管有多麼璁瓏可愛也不須勞作者這樣大潑筆墨，作如此淋漓誇張的描寫，這中間寄托有作者深沉複雜的思想和追求。作者通過對升水石奇特的想象，反映出自己超塵絶世的情懷。『從此濃嵐與積翠，翻嫌擁腫煩清胸。何似一髮殫奇奥，混沌闢鑿勞天工。下繞烟波立花木，上流雲氣藏鸞龍。烟波雲氣接連處，隱然内有仙真宫。』正是作者這一想象和願望的寫照。

從該詩所展開的大膽、奇特的想象中，可以看出李樹穀在詩的創作上受到李白浪漫主義創作方法的影響。《中州先哲傳》中説樹穀詩『宗尚李、杜、韓、蘇』，此言信然。

作者在詩的結尾發出了對人生的慨嘆：『對久乃知人間世，百年只在呼吸通。淺深往時率略半，終日揚塵三五逢。』作者回顧自己半生走過的坎坷道路，深感人生短暫，大自然無窮。而自己的無爲則使作者感到深深的憂傷和失望。作者只有以達觀的態度自慰自勉：『因悟神官七言訣，長生不外達者衷。盈尺曉昏注目了，一漚黄海磨青銅。』這多彩多姿的升水石，宛如大自然造就的一面鏡子，從它身上李樹穀似乎悟出了人生的真諦。全詩反映了作者面對黑暗的社會現實而又無法超脱的一種無可奈何的心情。

李樹穀的山水詩也寫得清新明麗，如『平沙草長亂鶯啼，獨向天涯望欲迷。幾日楊花太飄蕩，飛來如雪畫橋西』，表現了作者對美麗大自然的贊頌和對生活的熱愛。

其他如《江行》：『日晴風静水波平，雨後秋容景倍清。紅樹白雲山不斷，畫眉聲裏一舟行。』這首詩描寫秋天大自然的美好風光，全詩清麗、恬淡，有静有動，聲色俱佳，給人以美的藝術享受。

李樹穀在詩的創作上是獨具特色的，楊淮在《中州詩鈔》中這樣評價他的詩：『味其詩，從容不迫，非涵養情性之深，焉臻此波平去净之勢？所稱羊叔子輕裘緩帶、武鄉侯羽扇綸巾，正堪爲東川詩取譬耳。』這段文字對李樹穀在詩歌創作上的深厚造詣及其藝術風格給予了恰切而形象的評價。

李樹穀雖然才氣不凡，但由於他生活在清朝對知識分子殘酷迫害的歷史時期，其才能與抱負終得不到發揮和實現，故而抑鬱終生。他雖不能求達而兼濟天下，却能守窮而獨善其身，始終不甘心向當政者俯首折腰。《中州先哲傳》説他：『性簡傲不能諧俗，人雖嫉之，卒服其才。』又説他：『讀書有識，知人論事，不爲小儒管見。』足見其學識和人格都是很高的。

李樹穀的著作有《春暉集》二卷、《楚南草》二卷、《歸田集》三卷、《東川遺稿》一卷、《讀史絶句》一卷、《讀陶小注》一卷。另有《三忠圖傳奇》和《雲來夢傳奇》刊世。今本集所整理、校訂者，爲《春暉集》二卷、《都門集》一卷、《楚南集》八卷，《清代詩文集彙編》均有收，兹以此爲底本。其間有不能辨識者，輒以『□』替代，宜其諒之。因時間所迫，尚不能整理其全集，唯此三集，兹整理以饗讀者，俾後人知中原賢達尚有如李樹穀者，高潔自許，并以文學名世。

據詩集序，《春暉集》上下兩卷，時間自乾隆三十二年（丁亥，一七六七）至乾隆四十三年（戊戌，一七七八）。次者，《都門集》一卷，爲李樹穀於乾隆四十五年（庚子，一七八〇）四月至四十六年（辛丑，一七八一）五月滯留京都期間所作。内容多爲同好酬接唱和，或即景寄情之作。乾隆四十六年（辛丑，一七八一）五月，李樹穀將任楚南，於出都之際叙録之，題爲《都門集》，計六十五首。再者，《楚南集》八卷，每卷按時間次第編排。《楚南集一》，爲李樹穀於乾隆四十六年

(辛丑,一七八一)五月十三日出都赴楚南,中秋後一日抵達長沙,途中所作,計二十八首。《楚南集二》,爲李樹穀仕長沙期間所作,時間爲乾隆四十六年(辛丑,一七八一)八月十六日至乾隆四十七年(壬寅,一七八二)七月二日赴龍山。詩歌内容多爲友人酬和,即景抒懷之作,計六十三首。《楚南集三》,爲赴龍山途中所作。乾隆四十七年(壬寅,一七八二)七月四日,李樹穀赴龍山,八月二日抵達。多録途中奇險之景。計三十首。《楚南集四》,爲李樹穀仕龍山期間以及乾隆四十八年(癸卯,一七八三)春赴長沙途中所作,具體時間爲乾隆四十七年(壬寅,一七八二)八月二日至乾隆四十八年(癸卯,一七八三)二月三日。計三十三首。《楚南集五》,李樹穀住長沙經年,於乾隆四十九年(甲辰,一七八四)八月受檄理永興。多爲登臨憑吊,即景懷人之作,計七十九首。《楚南集六》,爲乾隆四十九年(甲辰,一七八四)八月二十五日至乾隆五十年(乙巳,一七八五)三月七日回長沙期間所作。多對景抒情之所作,計三十九首。《楚南集七》,乾隆(乙巳,一七八五)六月五日受檄赴安福,乾隆五十一年(丙午,一七八六)七月二十五日返長沙。至安福,賑濟旱灾。計六十七首。《楚南集七》與《楚南集八》之間有缺,《楚南集八》無序。《楚南集八》録詩時間至乾隆五十五年(庚戌,一七九〇)七月二十七日回長沙止。從詩歌内容來看,在此期間,李樹穀應在岳陽華容任職。如上。

整理者　朱志遠

目録

己丑

壬辰

春暉集下卷

癸巳

甲午

乙未

丁酉

戊戌

都門集

楚南集

楚南集一

楚南集二

楚南集二

楚南集四

楚南集五

楚南集六

楚南集七

楚南集八

春暉集自序

春暉館者，余承太夫人歡，有取於孟東野『誰言寸草心，報得三春暉』之句，家居即名其所處之室。北堂戲彩之餘，止於其中。凡有托興，皆係焉。出游即顔其所寓之舍，陟屺瞻望之餘，止於其中。凡有托興，皆係焉。自丁亥至於戊戌，共得若干篇。余於此事，不言工拙，性情所至，筆墨因之。其見於辭，有不知其然而然，唯書有之，曰言志，曰永言，言之不足而長言之，此余之言，即余之志也。夫人之境遇不常，心以順逆而异。雖聖賢無如何者，余是集故不分體。依歲爲編，庶同好可以論而得余之志。戊戌九月中，哀哀失恃，銜痛終天，是集以止。因憶戊寅冬，種菘唱和，依兩大人膝下，至樂何似。詎意二十年來，事與時變，而今罔極之恩，欲求如寸草心，亦不可能興，言及此，有泪血涔涔下也。

乾隆四十四年夏邑李樹穀書於懷蓼軒中

春暉集上卷

夏邑　李樹穀

丁亥

采蘭行

晨起往獨行，采彼林皋蘭。采香露華濕，采芽春野寒。所念堂上人，歸心難久安。衆峰排烟出，青翠如可餐。回首盡佳氣，行行行且看。歸來具朝饌，芳茝溢巵盤。堂下瞻堂上，顧我顔色歡。悠然慰平生，此意誰能殫。

水仙

虚室翛然翠竹聲，水仙風信倍怡情。偶來茶熟香温後，爲鼓清琴一再行。

春日懷友人

東風吹不盡，柳色望中多。遥憶楚江水，雪消春始波。故人千里别，歸雁一行過。飢渴誰能解，思深可奈何。

月

春月如春水，溶溶湛欲流。籠花將有暈，照夜若無愁。楊柳樓中笛，木蘭江上舟。誰家艷陽節，寂寞怨刀頭。

楊花詞

陌上花殘晴雪霏，樓中別久滯音徽。不堪芳草王孫路，空見夕陽風絮飛。太息經時迴野岸，消魂幾處點春衣。飄零似汝還輕薄，莫向關山怨未歸。

西軒世父東園二首

曲徑蒼苔負手行，春餘池館景幽清。楝花風裏鳴禽静，時有新篁解籜聲。

松樓縹緲倚晴空，木末遥山紫翠通。久立闌干衣袂濕，不知身在亂雲中。

夏日軒中作

浮空樹色暗氤氳，葦簟蕭簾照薄雲。晴壑晝長田水落，古堂人静竹香聞。乘除世事何能及，俯仰平生信所欣。飯罷高眠持一卷，不知花影已斜曛。

懷新季父見貺朱欒杯

先生居止衆香國，手植朱欒錦石側。秋夜雨霜初滿林，亞枝磊硌赤金色。爾日追隨偶見之，一盤摘賜曾離離。歸來位置傍床榻，夢寐常覺香風吹。玩罷不知成寶器，任兒狡作累丸戲。半用浸酒截刀圭，半已長苔照青翠。夏日無人坐草堂，先生招飲羅瓊漿。入門驚見兩奇物，非玉非銅浮怪光。初疑天上北有斗，星精未必幽芬厚。不然海中仙有瓢，瓠落應餘缺痕醜。先生起笑持示賓，矯揉朱欒慚失真。衆賓聞之亦大笑，蘭舟乃証此花身。我參座末審佳味，小人有母患痞氣。朱欒性擬橘皮和，盛飲將無頤養貴。先生欣喜不爲難，投我一杯取自看。平分所好何慷慨，捧持如獲千琅玕。紫霞之觴銀鑿落，豪華寵耀沉酣樂。此杯果堪慈母宜，斟酌全勝蓬萊藥。自從世上好私恩，饋德高風罔復存。激感先生相貺意，作歌拜進醁盈尊。

高館

高館獨曠望，眇然佳氣生。諸峰遠烟合，落日一蟬鳴。漠漠景不極，悠悠心更清。美人久寂寞，空復此時情。

小雲來歌

友人游關中歸，携升水石見惠，石徑數寸，崒嵂璁瓏，宛然仙嶠。余置之硯池，名曰『小雲來』，爲作歌。

雲來山杳扶桑東，十洲環之溟渤雄。有時起登月館望，聚米縈帶排空濛。我昔乘風夢游戲，蒼茫光色相冲融。故人遠出秦關右，濯足香泉森碧松。泉上昇石石升水，一峰縮納懷袖中。千里行歸用持贈，毡苞席裹猶重重。洗置硯池自狂喜，虛宇晴削金芙蓉。陰陽絲黍細分辨，淡忘朝餐眩兩瞳。從此濃嵐與積翠，翻嫌擁腫煩清胸。何似一髮殫奇奥，混沌闢鑿勞天工。下繞烟波立花木，上流雲氣藏鸞龍。烟波雲氣接連處，隱然内有仙真宫。扶桑萬里移几案，秋毫勝景當無窮。對久乃知人間世，百年只在呼吸通。淺深往時率略半，終日揚塵三五逢。因悟神官七言訣，長生不外達者衷。盈尺曉昏注目了，一漚黃海磨青銅。

雨中有懷

野屋秋迴酒半醒，美人相隔暮烟青。長林木葉空階雨，冷落西風獨自聽。

秋居感興作

回風吹百草，摇落不可留。庭樹墜飛葉，其聲清且幽。夕陽曠蕭條，野蟲復啾啾。昔時芳茝華，今日樵薪儔。榮悴難自保，矧作百年謀。獨坐眇烟靄，蒼蒼山翠流。山中多松桂，相看何所求。

《岣嶁碑》歌

家藏岣嶁禹碑，是葛公亮臣宰衡山時所貽。

陶姚法物不可得，岣嶁一碑獨嵯峨。九鼎屢遷有淪喪，靈岳不動完靡他。先人好友衡山宰，兩紙郵寄千金過。珍重至寶世相守，晴窗乍展佳景羅。喜窮賞鑒平生足，勝抵斕斑窺晋犧。憶昔昌黎索未遇，荒唐耳目疑訛訛。鸞飄鳳泊歸想像，懸擬鬱律殊蹉跎。太古寧爲倒披薤，神工仍异拳身蝌。或謂禹功首通導，形惟象水理則那。注目細觀信有之，斜者如川曲者河。淼然浩蕩中流散，大江幾泒來奔波。雲昏雨濕百怪出，魚鼉龍夔蛟螭鼉。字青石赤雖罔見，餘霞照案光婆娑。

豈惟欲讀鉗在口，點畫之而騰壁梭。釋以今文互乖舛，欺人只憾英雄多。非有真仙歷大劫，傳識萬代人維何。所感周鼓同觳觫，糢糊半已傷蠹蠹。嶧山頌功更在後，復嘆殘墮垂烟蘿。此碑最先似鼻祖，竟免消爍遺羲娥。神明壽世亘星漢，不共菲德餘蛸蝸。我聞此峰矗天極，天空咫尺青霄摩。祝融愛甚戒丁甲，年歲風霜長護呵。欹立半壁耀蒼翠，紐樞一髮蟠崇阿。遠穿虎穴深蚺窟，尋常足迹誰經頗。聚徒開道逾旬月，始拓數本愁延俄。往往攀緣飛鳥上，能否載致驅橐駝。矧乃作砧與敲火，野嫗童牧争刮磋。嘗讀七言禹牒詞，一十四字删枝柯。沐日浴月竭精奥，今無其物詞空哦。玉檢金題率假借，漫勒鈎帶銘雕戈。此碑贋刻亦曾睹，雕鑿失真紛惡沱。詭奇方笑模仿陋，俗儒相對猶婞婀。若無此本証謬醜，妄憑莨莠矜嘉禾。少陵謫仙兩寂寞，當時憚爲石鼓歌。才薄如我又千倍，敢摭陳語評等科。撫卷微嗅墨芬厚，空堂臨筆慚隨和。餘情未須煩什襲，焚香一日三摩挲。

雨過太邱道中

古路無人灌木稠，蒼茫景物正高秋。連峰帶雨盤空翠，遠水兼天納亂流。颯颯通林寒葉下，濛濛撲面晚烟浮。何堪瘦馬行吟處，一笠西風四望愁。

寒

落木下高風，蕭寥天氣寒。日出衣袖薄，乘喧檐户間。微霜夜來至，雕彼庭皋蘭。踈竹散左右，翠色照明竿。萬有歸本根，我生識其端。精斂物無違，理愜情自安。永念不能已，寂坐忘朝餐。

碭邑道中訪燕喜亭故址

太白曾游處，茲亭千載傳。我來尋勝迹，秋草滿寒烟。落日飛初雁，平皋接遠天。空餘故城水，淼淼夕陽邊。

《畫梅歌》爲童二樹山人賦

白馬山頭一片月，山人居白馬山，一號「白馬山長」。白馬山下滿林雪。山中有人兼有梅，梅花與人各清絶。花疑空谷仙人來，孤標高格無纖埃。不道人花共精魄，腕底争見千花開。春風拂拂花魂在，香繞蒼虬誰不愛。人愛筆墨并鐵蟠，我愛韵流筆墨外。我亦梅花屋裏居，伊人相見自相於。乞將十丈鵝湖絹，寫我花間伴讀書。

余既爲童二樹山人作《畫梅歌》，因請畫踈枝小幅，即起縱筆爲之，并題絶句云：『一生冰冷不相宜，怕向西風索故知。却爲東川重破例，又携直筆寫踈枝。』余感慰情誼，再賦爲謝

君不見高人格與梅花同，自媚幽獨空岩中；又不見梅花隱與高人競，自全踈影遂其性。若令梅花千樹萬樹交荒村，亦與高人盈廷盈野安足論。此議久持衡物類，相逢一笑皆我置。二樹先生古高人，愛寫梅花精入神。猶是行草篆隸法，脱盡鹿角鶴膝常。涯津客，路安陽，偶息駕，燕喜臺前墨光射。我來尋訪寓樓間，正值西風木葉下。爰以此議徵素心，乞寫一枝清溪陰。先生聞之寂不語，但看如睡如寐。初沉吟忽然伸紙，放直筆意在筆先。未覺疾，萬山明月雪晴時，宛爾横斜竹外出。嗟彼孤山幽，遺稿無人求。水邊籬落七言在，移之此圖，人與梅花各千秋。先生八極隨揮斥，破例爲留雪鴻迹。他日離居何以証微懷，惟有煮泉對此一圖。東川草堂之素壁。

歸自碭邑途中遇雨，却寄童二樹山人

眷戀切庭闈，蕭晨不遑處。高情負知交，山人以天陰見留。驅馬涉寒雨。古道獨歸人，長風颯平楚。回望安陽城，烟滿秋林樹。惟聞早雁聲，歷歷烟中去。

寄江南友人

當時折柳送君歸，木葉聲多夕照微。今日憶君秋又晚，江南江北亂鴻飛。

齋居

齋居歲行盡，朔氣獨憑闌。遥翠落微雪，蕭然來暮寒。心清隨所好，事至尚能安。眇眇懷佳客，踈烟竹外看。

歲除日作

廣庭忽已暖，日月成歲除。閑處少塵務，悠然讀我書。林山動春翠，鳴禽安以舒。復此好風來，空烟了無餘。時至事亦極，境静心逾虚。光景易相失，人生當有居。

戊子

入春數日，景氣暄晴，即事有作。

空烟散午晴，日暖復風輕。遥對數峰碧，忽聞春鳥聲。乘除塵世事，俯仰古今情。樂意懷微尚，悠然得此生。

春夜聞笛

薄寒踈幌照燈幽，玉笛飛聲迴人愁。萬里春風生獨夜，誰家明月滿高樓。已知離別空相憶，若奏關山可自由。一曲何當花落候，斷腸江上木蘭舟。

平沙

平沙草長亂鶯啼，獨向天涯望欲迷。幾日楊花太飄蕩，飛來如雪畫橋西。

啖蔗

炎方諸蔗天下奇，琅玕三尺青離離。春江水平大估集，以船載出江之漪。價廉雙竿百錢值，翁嘸兒咀相忻嬉。兢誇遥比仙所餌，足勝膏露沃神芝。我性遇甘食非好，偶試微嘗嘆且思。虎頭當日真俗子，斤斤先尾徒爾爲。佳境果否留枝節，啖盡應聞醫絶痴。古來利欲猶於蔗，黄金作窟財不貲。前席海洋萬珠貝，下陳燕趙千蛾眉。又其上者功名士，願勒鍾鼎垂豐碑。高陵歲久變深谷，趾高那復憂險巇。情由嗜牽身罔惜，身焚名失安所遺。空山棐几聖賢帙，中多至味逾瓊飴。

厥物維何具大美，茹菜根苦人難支。吁嗟好甘蔗更甚，遜心非道終弗疑。逆耳得忩遂非喜，有味如此寧知之。

夏日雨中即事

孟夏漸煩溽，披襟坐南榮。遠山上雲氣，蒼翠滅復明。眇此踈雨來，藹藹微凉生。池荷落散滴，人閑物益清。樂意資草樹，游目增遥情。俯仰趣皆足，懷怡亦何營。惟持一尊酒，静聞林際聲。

宋公西陂

魚麥當年寄興賒，我來松老竹闌斜。惟餘放鴨亭前水，幾處香清白藕花。

雨晴

雨晴景欲秋，月上空逾碧。不見美人來，悵兹芳草夕。

齋居

虚宇盈清光，寂歷烟如織。微聞木葉聲，蕭然煩慮息。晚芳香可襲，幽鳥静猶默。時曠情多閑，景澄樂易得。蒼蒼送遠目，夕峰秀無極。佳氣空濛間，長天杳秋色。

九日菊開獨酌

重九適然至，蕭寥籬菊斜。自憐無別尚，可以對茲花。北渚夕陽下，南山秋氣賒。舉觴視烟外，天際有歸鴉。

即事

眇眇長天遠翠微，秋晴景氣静朝暉。焚香掃地獨清坐，時見空庭山鳥飛。

晚坐聞歌聲

天寒村巷静，日暮朔風吟。一曲離亭怨，誰家萬里心。故人江上去，經歲别愁深。悵望情無已，何當復感侵。

雪夜

晚暮雪初止，明月上空濛。照我廣除下，皓然光色同。衆山積木末，蕭寥寒氣通。俯接遠林際，一一相冲融。有懷不能寐，坐對豁兩瞳。清景暢高咏，屋外來天風。

雪後

踈寒來不極，眇眇集空濛。竟日絶人迹，一堂冰雪中。清心向遥碧，古木下高風。及此年光暮，興懷豈有窮。

歲暮咏

笑語高堂上，萊衣一色鮮。喜聞小兒女，相對説新年。

己丑

觀朝雨

晨起清我心，烟繁山影聚。濛濛蒼碧間，卷簾看春雨。好風池上來，駘宕渺何許。階前早杏花，飛落雜翠羽。趣深動遠懷，紛至□如縷。

范孝子歌

虞城范生某，舉純孝。友人爲徵言，賦此以贈之。

君不見范孝子，十三奉母母病深，孝子孝成母竟死。滅性非孝豈遑思，父謂孝子乃强起。吉翂昔拒舉所辱，因其名孝子，名既成，一生踐履從此始。鐘鼓饌玉何足榮，必期至行作完士。今日感爲孝子歌，他日願修孝義史。名不徒成亦難恃，君子愛人勖無已。敬之哉！范孝子。

春居感别

寂寞難爲久，風光亦屢移。美人天末去，芳草與誰期。細雨桃花岸，清明上巳時。南來鴻雁盡，何以慰相思。

題畫《芍藥》贈别

有情春泪曾同賞，又是將歸奈若何。愁寫一枝相送遠，離亭酒罷夕陽多。

五日

五日西軒下，無人獨舉觴。藕花始一放，滿院清風香。忽憶離騷賦，余心不可忘。沅湘眇何處，烟樹遠蒼蒼。

題蓮花折枝送友人還南

孤負芳時欲别難，特傳佳照付歸鞍。絲牽不斷心尤苦，帶到江南仔細看。

眇眇

眇眇浮雲去，清風若可娱。不知秋已及，木葉滿庭隅。感我紵衣薄，懷人烟水紆。蕭寥隨物候，復此遠情逾。

雨

無事晨起遲，秋氣動岑寂。闔户少人來，蕭蕭踈雨滴。復此林葉聲，相雜不可析。境孤心乃清，慮淡道如覿。蒼翠靄空濛，悠然向絶壁。

觀繩技歌

燕趙佳人絶代出，開顔發艷明朝日。學成繩技鬥腰身，纖影輕於飛鳥疾。馱來細馬眉黛愁，嬌容半掩長陌頭。立者坐觀行者止，此時木葉西風秋。百尺彩索高猶顫，竿頭進步翻春燕。往還超忽疑憑虚，花落雪迴雨瞳眩。初似懼虎精靈徂，後如脱兔法禁逋。適不及距光佛仿，陰陽門户曾有無。昔年劍術聞越女，捷末頡橋竹枝舉。縱横逆順宛見之，手戰之道略堪語。索如欲斷久徘徊，金鼓急鳴方逞材。突將倒投騰復上，身與索化空濛開。千回萬轉翩然下，粉汗已深藝未罷。却就平原巧折旋，猶同竿索相迎迓。舞組作賦擅西京，都盧尋橦漫著聲。侲僮衆變心已盡，好婦安儀若爲情。由來造極貴神妙，丈夫有志事難料。學書反憾誤儒冠，抑抑何當微技笑。

雁

離緒不能理，忽聞鴻雁飛。孤村秋水闊，落木夕陽微。尺素竟誰見，行人終未歸。數聲天外去，極目遠烟霏。

夜歸

明月滿空原，落木紛且飛。林影開復合，犢車中夜歸。蟲聲不能絶，河白星逾稀。村連犬相聞，紡婦臨荆扉。年熟賾農事，逢人涉烟霏。心怡趣尤曠，景佳憂感微。商歌在古昔，念此情已非。

早冬山館作

雨晴天復暖，開牖向雲山。空碧渺然暮，我心清且閑。無營常習静，得趣更怡顔。木葉飛將盡，微聞寂歷間。

城湖竹枝二首

嘗喜《竹枝》樂府，紀風土而美刺，得三百遺意。吾郡俗號淳古，冬日至郡，留月餘，睹其浮靡大异向來，深有感焉，因效其體作《城湖竹枝》。

睢陽城下水波連，郎坐蘭船妾畫船。妾船東去郎西上，片刻相逢亦可憐。

十五蠻姬小翠蛾，迎郎的的唱秧歌。郎心正似湖心水，怕到風來又起波。

菩提葉歌

光孝寺中菩提葉，千里萬里寶游篋。素色澹於霜雪華，密絲不減紗紋貼。天女衣鮮非織成，無乃散花雜敗褶。此樹相沿經幾時，六祖手種塵埃陲。菩提無樹反師説，身未易言奚種爲。世人好异不好正，珍之什襲中情怡。一片勝抵百珠玉，持看猶恐輕飇吹。云可作箋小題字，中藤坐已失佳致。云可寫經廣法輪，貝葉若逢應退避。但覺寥寥天地間，絶珍無復出其類。我聞人生貴知本，所存木生貴能培。厥根、根培不外晨與昏，陰陰自見條葉繁。本存不外父與昆，蒸蒸善氣風皆惇。君不見，冬林笋至情，所鍾感愚蠢。又不見，向南枝孤忠，所結人衷思。吁嗟乎！葛藟深庇古所重，浮花每嘆空王供。漂離本根恣詭奇，縱驚流俗亦安用。

張烈女篇

至誼在天地，生死相繫維。飛爲比翼鳥，植爲連理枝。人紀屬始終，大道崇藩籬。張氏有好女，長成澮之漪。澮水清且洌，女長情志奇。十三初學織，十四工繅絲。繅絲絲色潔，皓皓心所期。十五深閨處，不識門與楣。十六名聲出，十七嘉聘貽。嘉聘重維何，白璧無玷虧。薦以蜀江錦，錦上光參差。韶令孫家子，擇配皆稱宜。良吉逐辰至，卜日歡唱隨。風雲易遷變，人事多危埼。

灼灼同心花，未發霜已罹。霜集一何烈，花隕心不移。郎竟病長逝，女聞潛泪滋。妾命誠已薄，百歲常如斯。願往赴郎喪，爲郎奉姑慈。阿母違女志，防女嚴伺窺。旦旦泪沾臆，三日絶炊糜。分明受嘉聘，大義將安辭？百歲會當盡，何如慊吾私。晚登屋間樓，四望烟逶迤。蕭颯林木萎，蒼茫原草衰。孤鳥罔栖止，離獸交鳴馳。紛錯慘遠目，增彼女心悲。顧給語阿母，幸念兒良飢。爲兒取餐食，兒奚空死爲。母下女益上，上極天凄其。左眄肝腸裂，右眄啼痕垂。裙襦亂寒暝，空際形影麾。投身俯絶地，珠落不能持。從郎遂所尚，冥路寧有岐。阿母急來視，倉黄曾莫施。女瞑忽更啓，屬母哀勿疑。乞與郎同穴，合葬田皋陲。二家致女意，居人俱涕洏。軋軋素車馭，浩浩回飈吹。欲效鴛鴦冢，相近還相離。車行及郎墓，郎墓自開披。信言内精結，金石貫靡遺。居人告長官，長官用感咨。爲女下長拜，爲女嗣佳兒。伐石芒山陽，作表澮水湄。水亦有時竭，石亦有時墮。石墮與水竭，女情無盡時。士志妍其行，不容老殊姿。女志矢其死，不容生受疵。爲風千億祀，世世傳此詞。

庚寅

元日即事作

積雪明廣庭，媚兹元日辰。上堂奉顔色，喜見怡且真。兒女戲盈側，彩衣更鮮新。古賢語至樂，最重惟天倫。即今俯仰間，良娛得其淳。好風一何善，眇眇來陽春。人生遂所求，端居情已伸。

晴

田原亦已足，雨聲時復聞。好風眇然來，驅此天際雲。遠峰翠欲滴，微烟自氤氳。相接春林樹，濛濛如不分。出户一游目，光景多所欣。花落碧溪水，宕漾流餘芬。去住適無定，何爲懷感殷。顧有尊中酒，聊暢終夕醺。

芍藥

億向旗亭送去車，舐毫爲寫一枝斜。故人天際杳何處，小院春餘空有花。不盡離情愁影動，那堪酒氣惹香賒。臨風梟梟誰家笛，也奏驪歌緑水涯。

五日雨

凄凉楚調怨江雲，角黍登盤酒半醺。也似年年寒食節，一般風雨不堪聞。

歸自西村道中觀雨歌

一峰雨起雲如山，一峰雨起雲如烟。山勢層矗變百態，電光出入明連娟。烟氣空濛各殊色，風雷驅逐蛟螭纏。其間洞闢兩扉立，青冥内開虛翠天。飄泊互逾忽相接，山暝烟晦交回旋。西村自歸騎款段，日午炎赫難爲前。遠羅雨脚亂麻擘，流下真見河倒懸。迎望更向雨中去，箬笠不具心茫然。木葉聲急逝將至，濕霏已覺沾荆鞭。翔鳥投林蟻封垤，荷鋤無或留野田。神工離合故游戲，輒復分飛垂翼偏。左翼半斂依峰腹，右翼循嶺猶孤騫。行到惟有路泥滑，高樹滴水頭顱巔。近逢稚子赤雙足，群嬉繞樹尋落蟬。却看山烟縵結處，蕭颯曠似清秋妍。陰晴晷刻誰能定，世事翻覆從古傳。喜餘盈耳聒未極，舍南舍北泉涓涓。

廣庭

廣庭時已静，起坐夕霏開。孤榻下明月，清風相與來。怡心尤澹泊，念故久徘徊。促織秋將近，微聞衆草隈。

風雨獨酌

長風吹秋西北來，驅除殘暑隨飛埃。木葉如雨雨如葉，却顧纖氛何有哉。呼兒洗尊酌美酒，獨對遠山傾一斗。作歌好景誰得逋，天宇茫茫亂雲走。

劉伴阮《凌烟功臣圖》歌

虬髯天子龍已翔，風雲吟吼來堂堂。指揮衆杰盡牙爪，驅逐群雄如犬羊。元武勛高及兄弟，一朝封拜茅土芳。全開生面凌烟閣，右相舐筆聲且揚。閻立本，總章中爲右相。後經重寫將軍霸，千載勝烈垂輝煌。馬過省門原自取，長平假子辜豈彰。叔玉離昏未寒土，平時實望追虞唐。仆碑立碑總兒戲，可想聽言心匪臧。家事外人竟相負，至今讀史猶悲傷。劉君此圖亦懷古，右相將軍同等行。我觀已久更多感，功名之際難爲常。

早寒

日上無人聲，北風亦何烈。古堂時獨來，虛白紛如雪。

村暮

野外天風古木音，微烟欲盡益蕭森。孤村地接平皋遠，落日寒生積凍深。白鳥先還飛獨下，蒼山曠望氣常陰。無邊朔景行人絶，自出溪橋一佇吟。

辛卯

早春齋居

旭日無塵迹，翛然牖自開。焚香看遠碧，春鳥忽飛來。宿昔好風至，驚兹籬落梅。天心行已信，曠望亦悠哉。

見小桃花感作

何當落拓向韶華，自是多情惹恨賒。十五年來腸斷處，春風又到小桃花。

齋前有鷄相鬥，驅之使解，感而賦之

世情久不到碉曲，日上烟林睡初足。庭下胡爲争鬥聲，起見昂然兩蠻觸。大者盛氣知相凌，小者含憤神更凝。試問何得亦何失？淋漓毛血猶棱棱。狸膏金距衹徒爾，汝竟相殘不能止。持竿驅之各一隅，自笑解紛魯連子。我聞朱鳳丹穴陽，不搏不鷙群翺翔。安得飛來化汝類，桐花香落春風長。

咏瓶中杏花二首

入春無日不東風，淡沱晴光景更融。聞得杏花消息到，一番相見膽瓶中。

對久依依怨别離，消魂又動去年思。折來細雨清明路，酒罷旗亭獨看時。

春夜歸

微風及初月，花林香色昏。馬行不覺遠，衣上花影翻。梵聲出古刹，犬吠溪邊村。自非念行役，幽情誰與論。

春望

林皋二月碧烟迷，野闊天垂嶺樹齊。極目王孫杳何處，可憐春草已萋萋。飛鴻隔水多相失，積翠浮空遠復低。佇立東風惆悵絶，落梅自下夕陽西。

喬丈甘泉二妾歌

二妾劉氏、趙氏，喬丈病既殆，謂家人曰：『彼皆无子，且少，我死遣之可也。』二妾旁侍泣曰：『病至此，宜養病，勿傷感，我輩無須爲念。』及喬丈殁，二妾各出其私蓄供日用，婉言以衣物予婢。喬丈死之六日薄暮，勸長夫人强飯，已，復治詰朝祭物。喬丈生母夫人猶在，侍之寢乃退。夜分人皆定，沐浴易衣，出至喬丈殯所，劉東楹上，趙西楹上，分裂幅布自經，不失其置時後先之序。想見相讓從容矣。近有爲引徵文者，多失其實，賦此正之。

唐田布碑事已狀，筆非班馬猶怏悵。所書矧乃誣其真，死者可作恨何量。遥想忍慟虞人知，捐生月黑三更時。异詞漫傳遽自誓，安得從容情不欺。當年深感冰玉映，曾仿史傳亟余敬。余著有《二妾傳略》。重環相讓如友賓，至性信能証賢聖。君不見，彼飼豕者皆巨公，大誼同期仍莫終。行爲二妾嘆盛烈，望中芒碭摩蒼穹。

春日懷友人

花開陌上暖烟浮，柳外春風日未休。芳草渺然迴遠道，碧天無際入新愁。何堪獨對韶華景，莫共同心踏屐游。伫望歸飛南雁盡，音書寂寞杜芳洲。

寒食

花落鳥鳴愁，春烟澹不極。遥遥風雨多，相憶又寒食。

上巳感興作

端居易寂寞，及兹修禊辰。春雨浥良苗，一一俱懷新。偶行肆登覽，遠翠濃且真。所見各隨化，天景宜斯人。樂在豈徒衆，獨往情亦申。蘭亭尚叙述，意曠言非淳。復此懷夙昔，悠然皇古民。

蘭

孤村蘭不至，僻處久無春。忽此來空谷，歡如見故人。襟期既相洽，氣味亦俱真。試理清琴曲，悠然遠翠新。

大雨時來浹旬不止，即事有作

幾日齋居未出村，雷聲不斷雨翻盆。依然十五年前景，遠水如天直到門。

雨後

雨後空庭曠，陰苔静曉光。清風溪上至，竹木澹餘凉。幾處聞樵響，鳴蟬相與長。悠然開一帙，杳杳衆花香。

養魚歌

君不見，鯨鯢揚鬣華峰削，跋浪情驕縱大壑。噴薄往往欺蛟夔，半淺蓬萊無處著。何如金鯽菱藻間，接尾泳游清晝閑。一盆下視浩淼水，拳石高矜蒼翠山。村居玩物尋常事，適趣由來非喪志。人澹魚馴兩得宜，斗酒娛樂各深致。每嗤昔者魚經傳，色相沾沾多所偏。增慨華實亦殊陋，奚知牝牡皆當蠲。我想養魚若養士，求備維艱要器使。果具空群賞識心，必逢异物軼凡理。士忌因人謟復驕，魚忌乞憐常尾摇。庸劣在中急屏斥，明珠得薦光乃超。我養八魚近三載，有時飢飽意弗改。其内一魚更絶倫，不驚不動真神在。長天寥落風雨迴，此魚安恬沉莫猜。只慮鱗張却飛去，遠乘雲氣追奔雷。采罷陔蘭坐茅屋，暇日静觀鄙粱肉。鳥鳴花開集廣庭，好兼左右滿修竹。置盆近境澄寶鏡，久稀行迹緑苔映。屋裏讀書生興豪，屋外繞盆肆高咏。當年共説溪上翁，八十垂綸占虎熊。至今三千六百釣，徒見東海烟微濛。我本才踈懶狎世，足怡幽懷已得計。并置放曠向濠梁，安知非魚莊與惠。

六月二十八日立秋

一蟬鳴廣庭，其聲清以微。裊裊秋風來，入門吹我衣。景氣自遷變，素心不可違。瞻彼白石側，蘭桂含初暉。衆華亦已謝，佳芳將獨菲。颯然滴疎雨，薄雲天際歸。坐久視林壑，往還烟鳥飛。

食瓜

吾鄉風物減，早盡一年花。落木西風下，深村始食瓜。

夷門歌

士爲知己死，女爲悦女容。此事古來傳，不一夷門老。監高其踪竊，符計成殺任。鄙留趙誰歸，魏公子秦兵。如風走大梁，賣漿之人又至矣。

渡潮河

危壁鑱天落木稠，高風颯颯雁行秋。山迎太室皆西向，水入潮河直北流。曉日浮空清野色，寒烟滿目起人愁。何當采菊東籬客，細馬征衣古渡頭。

曲梁

秋風落葉鳥飛還，滿目輕塵意自閑。行過曲梁三十里，朝來馬上看嵩山。

曲梁道中望嵩山歌

天下名山千萬數，最者五岳嵩當中。我家相去七百里，夢想無由來兩瞳。生平入世非所善，那禁回泊多秋風。孤負踈菊滿籬落，吹我行迹如飛蓬。西過曲梁歷險阻，不异鳥道盤蠶叢。登躋力疲僕太息，清心塵擾亦冲冲。忽然一抹澹雲矗，高翠遠照連圓穹。超化密邑山名石頑豈足齒，夫何秀色仍蒼雄。行遇居人問覼縷，知是日月開仙宫。龍蛇洞穴迴莫辨，太室少室看微濛。群峰四向各奔赴，宛似附主環婢僮。對我招邀待我至，川路猶隔神潛通。有時杳靄起林壑，修眉虧蔽烟蒙蘢。倏復散朗真容出，明妝娟麗誰與同。我計歸期未能到，庭闈眷戀縈深衷。遥祝山靈幸我恕，倚門念切幽興窮。他年願備幾雨屐，三十日游殫奥崇。遍觀海岳自此始，常逐白鹿隨朱熊。勿怪在近弗求識，詰朝馬首瞻遂東。

齋居

虛館靜無塵，烟光窗户白。微聞木葉聲，遠墜空階石。
庭曠景逾閑，地偏徑還曲。時來山鳥聲，清磬淡相續。

夜

霜明既疑月，月冷亦如霜。霜月相回泊，復此朔風長。照影分崖樹，將寒入我堂。幽情殊可悦，卷帙各清光。

壬辰

元日

幾日驚魂失，高堂苦中寒。朝來聞笑語，此意得微安。但祝年多黍，復兹澗有蘭。無憂蔬水奉，俯仰各餘歡。

渡河

黄河天上來，萬里聲遥遥。乘風挂片席，氣上涵青霄。蛟螭匿春水，波平馴不驕。襟懷一滌蕩，千載如昏朝。所念疏導功，屬薪空復饒。

琴臺

高臺巍獨峙，其下有微雲。古地余能至，琴聲不可聞。空陂漫春水，想像見夫君。吾道非迂闊，停車感且欣。

王彦章墓

歐陽子作五代史，春秋自待情非公。死節三人既致意，約也不愧仁贍同。江南割據异寇盗，沙陀勤王曾立功。裴劉大義照星日，今興起者聞其風。獨感反係彦章後，附名賊臣傷我衷。彦章烈烈丈夫雄，失身篡弑昏兩瞳。雖復留皮得如豹，痛心乃忘椒殿中。似彼唐尊助新莽，盡力國賊難云忠。不然新滅莽授首，尊及欣盛捐厥躬。班范弗爲著死節，翻宜冤憤飛長虹。心即可哀筆之紙，奚至高視千古空。經過破冢荒城下，群豕踐突頹蒿蓬。顛倒石馬亦傾圮，汶河嗚咽流向東。

德州道中

雨雨風風遠路情，烟寒景夕黯愁生。高堂料得垂思切，屈指兒行第九程。

見桃花

春城風暖裊游絲，水上桃開一兩枝。遥憶故園小兒女，繞花齊奉板輿時。

夏日齋居

心閑景亦清，晏坐闃無聲。疎雨一來過，滿庭烟草生。古人雖不作，遺册足怡情。眇眇藕香動，悠然池上行。

村中作

村深雲影盈檐端，盛夏堂虚猶尚寒。野水不流自澮澮，天風常下何珊珊。林間花萼有時落，竹外山容終日看。俗事世情各物外，蕭然孤坐爲加餐。

草堂

草堂紛夕烟，幽徑散疏竹。幾日無行踪，青苔照人目。

暮

野徑稀人迹，蕭然木葉聲。虚堂高咏罷，落日薄凉生。眇眇隨佳境，悠悠暢獨行。踈林歸鳥下，對久若忘情。

雨中歸自西村

暮色催歸心，驅馬雨中發。風闊木葉飛，徑濕蒼苔滑。人聲知有村，草屋秋烟没。時復見開朗，遥峰立數笏。景曠忘衣濡，瞻望趣未竭。野外寒鴉來，空濛互相越。矧兹阡陌行，清興何由歇。

即事

繞屋閑花適所欣，開窗獨坐篆烟焚。清琴理罷悠然望，幾處秋山有暮雲。

微子廟

安忍舍我宗社行，降君灾毒天無情。憂深顛隮非苟生，懷抱祭器泪沾臆。璇室瑶臺射光色，忏邑回望慘何極。父師既奴閶闔昏，少師已死坤輿翻。旗麾太白車卒奔，可憐破國亡家痛。六七賢聖成昔夢，惟億萬心臣徒衆。桃蟲飛去將鴟鴞，巢未能毁陰雨消。斬焉不祀興王朝，子孫永保竟餘幾。一身流離復瑣尾，翻悔弗出猶殷鬼。有客白馬來沉吟，父師少師知此心。祀延於宋神所歆，遺廟秋風人代改。廟前野莽雜方莀，此心惻惻終古在。

孝烈將軍廟

天生异人似珠玉，藴含精英必不磨。縱使沉埋溷泥土，終流光怪驚林阿。將軍孝烈古豈多，紅妝一洗負雕戈。歸來女郎玉在璞，十二年久貞如何。遺事失據好爲盤，師心指實傳則訛。誰知三百三十字，一字千金木蘭歌。歌詞亮足播芳澤，彼太史遷文弗過。至今靈旗北風摩，其下有兔眠緑莎。迷離眼視刀藏靴，神來神去雲峨峨。

雙廟

三日救不至，死忠烈烈唐兩臣。救至全厥身，不至成其仁。仁既能成復何死，至今生氣常嶙峋，旁侍皆天人。雷將軍面矢痕新，南八男兒戰聲嗔，如虓如虎無等倫。嫉功豎子盡鷄狗，稱兵賊醜紛灰塵。獨視祠宇浮漢津，千秋典祀爲明神，驅除匪祥祐我民。

郡城覽古有懷元城先生

泗州大聖同先生，過者不見空南京。先生何姓亦何名，殿上之虎劉元城。當年畏虎殿上行，大惇孽大犬獰獰。虎被驅逐犬乃猘，必置諸死相摧傾。八州惡地七州遍，七年扶持藉神明。神明安在在衷曲，瘴癘莫侵由一誠。歸來杜門久吾宋，空餘田野欽愛情。田野欽愛誰重輕，情真十倍金紫榮。獨怪往來述游歷，動稱枚馬心駭驚。先生真足光土宇，轉如語冰蟲夏鳴。我至登眺夕陽晴，先生杳杳中感盈，惟睢水古波流清。

解氏姑墓

前有木蘭女，代父從征歷寒暑。后有解氏姑，爲親撫孤不嫁夫。孤已撫成身已老，此心自慰性天保。遺墓鄰近木蘭祠，精靈往還風浩浩。

秋居

地僻無客來，寒烟靄叢竹。殘帙吟誦間，硜然聞啄木。靜機不可限，秋色集我屋。左牖翳崇蘭，右牖散疎菊。朝夕惟遥峰，蒼蒼照幽獨。

移菊二首

西風摇落寂無歡，極目蒼凉不可看。正好移來秋氣滿，半籬殘照一枝寒。

虚堂事少澹幽襟，野圃花閑幸許尋。落木寒烟回首處，一痕遥翠入秋深。

虚宇

虚宇既蕭寥，窗疎紙復脱。幽人薜荔衣，日日秋風闊。

春暉集下卷

夏邑 李樹穀

癸巳

夏日咏

嘗聞紫府號清寒，左右珠林夾彩鸞。天女散花雲母牖，月妃行酒水精盤。遥瞻已識神山遠，静念猶忘暑氣寬。日午堂虚炎景入，風塵俯仰總漫漫。

送江蘭溪

新知好我樂相過，又是將離奈若何。一種愁腸難慰處，不堪簾外落花多。
陌頭楊柳一絲絲，一曲離歌折一枝。樹亦銷魂人更甚，亂烟深處總凄其。

雨

炎氣迫煩暑，層雲生遠山。山容與雲雜，重叠烟中鬟。忽復散空際，飛雨來林間。煩暑既消歇，獨坐怡心顔。今年麥歉收，非秋民食艱。遥識苗已宜，歌聲其闐闐，田水更不極，入耳流潺湲。

雨止視歸雲，悠悠天外閑。

夜

長空夜久斷烟浮，絶壑風來石徑幽。夏木千章移月上，天河一帶入雲流。誰家笛奏離亭曲，幾處砧聞搗練愁。正有關山勞遠夢，經年少婦在高樓。

齋前衆花歌

紫薇初栽花已豐，庭陬伴我修厥容。對之奚羨香山翁，金鳳娟娟凝露濃。影合極里安能窮，牽牛何事離星宫。人衆香國淹其踪，雲藍小袖將勿同。彼織者女情誰通，高冠自峨鷄有雄。朱霞倒映連彩虹，三五離立光融融。秋色七尺珊瑚紅，是非當日金谷逢。蔦蘿依古常丰茸，與君新婚歡妾衷。闌蕙不采隨飛蓬，纏綿嘆爾垂空濛。西江菊蒔煩乃公，鷩坐徒聞名益隆。黄葵落落照雨曈，飄若黄鶴來清風。仙人騎過烟霏從，翩翩翻翻歸華嵩。金錢夜散阿堵中，以馨勿臭難爲功，矧復杲日生於東。

雨後

雨止郊原曠，林山入望遥。西風吹木葉，秋氣日蕭條。尺素雲中雁，孤帆江上橈。離思視芳草，又見一回凋。

秋夜

静夜西風急，秋聲動我扉。蕭蕭聽不盡，林木葉皆飛。别怨常千里，誰家正搗衣。愁多原易感，復此素心違。

對菊

菊花可愛尋常事，偶得泉明菊亦傳。我種不依時世法，花開遥憶古人賢。野間香色多如此，林下風情一自然。相賞絶無修餙意，寒烟落照淡娟娟。

秋晚

寂寞閑心酒易醺，離情别緒日紛紛。奈何凄緊空堂晚，斷雁寒砧不住聞。

雪夜

夜久窗户明，清輝見豪髮。天寒鷄不鳴，凍雪上微月。起視林壑間，淡烟互出没。木末矗遥峰，皓然立數笏。相看寢亦忘，形神并超越。

甲午

早春作

徙倚郊原間，好風暄以微。草心各芊綿，向兹春日暉。爲感離家子，惻惻無所依。回瞻見高木，遠入夕烟霏。物情若有知，我懷空自違。相續下叢薄，憐彼禽鳥歸。

高林

高林衆壑間，空碧照人顔。終日卷簾坐，愛兹林外山。無心常澹蕩，有景各幽閑。顧見微烟際，遥遥夕鳥還。

感舊

當時握手再丁寧，語複情長不可聽。芳徑只今重到處，落花無數草青青。

春暮

几上殘書對夕暉，鳴鳩語燕素心違。何當偶向天涯望，又見楊花滿路飛。

讀書齋舍感興作

大壑非滄海，難縱戴山魚。丈夫非濟民，空守一卷書。春風忽已往，落花集階除。浮雲無定迹，遥遥凌碧虚。渚禽有好音，昕夕聞吾慮。時運不能待，衆物亦云踈。美人在深谷，種蘭三載餘。過期未經采，芳茝今何如。願言慎自愛，早晚盈華裾。

試茶絶句

常憐四月聞鶯處，始到深山落盡花。那識今年諸事晚，棗花香裏試新茶。

海忠介公真迹歌

我性褊狷嚴宄奸，文詞不觀王半山。我性愛賢食餘福，教誡一篇日百讀。公著有《嚴師教誡說》。讀之時入魂夢中，髯鬚磔磔當秋風。今見大書徑三尺，儼然昔夢精采同。想公行事照國史，想公遺愛無終止。年年報賽村鄙間，來歆一羊復一豕。公治吾郡有德政，里民爲祠以祀。如公何必以書名，論書正氣亦如生。我非好書獨下拜，公其有靈知此情。

烈婦謡

永邑烈婦張余，宗家子壯猷室也。其季父勉亭隨計西江，壯猷從之。適有運役，代季父往，舟覆溺焉。烈婦聞訃自經。

濤起江南北，濤落江昏黑。烈婦精靈來，江濤浩無極。烈婦在高樓，郎去江上舟。生離已悲絶，死別奚復求。江上惡風浪，舟覆江水上。樓中幽夢驚，忽傳郎死狀。郎存生有依，郎死安所歸。尋郎向江水，生死常不違。慘凄天色變，白日凍飛霰。重繯朝暮間，得與郎相見。江水何沉沉，怨魂各悲吟。幾時帝女石，填盡江波深。

紀夢

貝闕瓊樓滿紫霄，騎麟翳鳳百靈朝。光迴曉日金支動，響落天風玉珮遥。床上素書留寶訣，石間瑶草長芝苗。醒來起視空庭敞，尚有香烟澹未消。

晤李柘門時柘門歸自嶺南

讀史嘗思馬伏波，武陵曲奏毒淫多。君行萬里經銅柱，古迹相逢幾撫摩。此事於人情不已，遺功爲我話如何。蠻風瘴雨常時過，細把游踪付叵羅。珠母海頭眇碧烟，何堪去去動經年。桄榔林下三更月，杜宇聲中二月天。豈有閑情留旅夢，應將别怨寫蠻箋。衹今正好多風雨，不了匡床説對眠。

寄童二樹山人，求爲書郭畏齋先生所作老母八十稱慶序

登堂聞正史，眇眇古人賢。今我平生意，共當千載傳。求書耀屏幃，得以重慈年。烏烏私情亟，臨風拜此箋。

童二樹山人既書稱慶序，仍和韵見答，因再用前韵寄謝

慈顔連日喜，兒克友名賢。文與書同重，因之先德傳。文述外氏家世甚悉。寸心銘此誼，相見杳何年。
激感無窮極，情餘十丈箋。

重九

去年重九同歡處，醉倒花間夕照回。何意今年重九到，不逢籬菊一花開。關山杳杳人千里，木葉蕭蕭酒滿杯。獨自沉吟無賴極，西風冷落雁飛來。

古意二首

蘭蕙長空山，幽芳自美好。願君采及時，莫待零秋草。
妾心匣中鏡，朝朝如月圓。郎心天上月，不似鏡常堅。

錦瑟

錦瑟裝珠玉，其聲高入雲。含情彈一曲，遥夜與誰聞。

聞笛

西風落日雁行秋，玉笛聲凄晚未休。正是關山勞遠夢，誰家又起折楊愁。

原上

落日雁聲寒，微烟上暝色。空原曠望間，秋氣渺何極。

冬日讀書

娟娟盆菊静因依，落落瓶梅香暗霏。上映圖書常好色，旁連床榻各清暉。屋中難得世塵至，庭際有時山鳥飛。獨起開窗心曠逸，寒烟古木夕陽微。

感遇

美人冰雪姿，窈窕在深谷。守潔過華年，終日苦幽獨。行行采澗芳，離披盈一掬。悵望清風寒，襟袖蕩餘馥。不見同心來，夕陽下古木。

乙未

雪後經趙北口

行行燕趙間，朔氣滿殘雪。洲渚相縈回，雪光互明滅。波凍偃蛟夔，眇然皓復潔。澄色入高懷，目極天宇澈。中流跨層虹，人迹往未絕。地勝景逾清，蕭寒亦可悦。駐立獨徘徊，塵慮竟誰屑。

新城道中

殘雪板橋頭，朔風吹未休。驅車楊柳岸，曠望入春愁。赤日東南出，白河西北流。不堪行役久，遠道正悠悠。

黄石公祠下作

有無黄石誰當知，道左空留黄石祠。赤松托借本逃禍，圯橋競傳相待時。弓藏鳥盡假王死，未央宫中兒女子。報韓千載猶聲名，一片穀城人去矣。

隋堤柳

隋家天子盛龍船，板渚長開遠幸年。終古錦帆無返棹，至今楊柳尚含烟。秋風螢火知何處，落日寒鴉聽可憐。萬縷千條亡國恨，不堪憑吊夕陽前。

爲王蘭田畫《山水圖》歌

蘭田主人累負俗，讀書作賦日不足。率真每爲塵世嫌，世雖姍笑心無辱。緣此與我膠漆投，見時惟憾流光速。春風駘宕金銀臺，神仙烟霧開寶籙。琵琶一彈慚未能，歸來千里櫝中玉。忽聞户外剥啄聲，主人過我坐深緑。手持佳紙澄心堂，俾我作圖好尚酷。林泉原可怡幽情，何用朝參被拘束。乘興操筆天機迴，蒼翠空濛霞彩屬。董巨倪黄那曾同，我行我法聊相續。只如古先無畫初，法以意創隨所欲。景踈猶有趣澹長，猥稱高格除煩縟。爰奉主人勤卧游，夢魂常繞湖山曲。

對景

對景殊忘遠，悠然暢獨行。日來秋氣重，增此夕風清。野闊隨天盡，烟踈接樹平。歸鴉雲外至，曠望有餘情。

與侄曙嵐話瀟湘

山接九疑楓樹林，無朝無暮有猿吟。滿江秋色經游地，極目離騷作者心。相妒蛾眉常未已，可遺芳草自堪尋。蕭蕭木葉西風急，説向空堂怨復深。

古别離

回風吹海水，波起連扶桑。秋氣動離怨，憂深不可忘。美人在遠道，三年天一方。晨往采芳緑，欲以寄馨香。采采滿懷袖，芳烈隨風揚。如何鴻雁絶，空此相思長。日出景蕭瑟，雨陰烟渺茫。登高視千里，目極心悲傷。

曙嵐之歸自粵西也。偶見俞花隱《畫松册》，因與言陡河萬松夾道之勝。俞君即圖之以送其行，抵家出畀。余觀輒題長句

離江南北湘江同，烟波浩淼流向東。隔絶妙有河相通，河干夾道皆長松。千株萬株若游龍，夭夭矯矯雌隨雄。二江濤壯聲摩空，忽然一派來天風。松聲遠與江濤重，薄宦賦歸西粵踪。襆被高情吾仲容，粵花却載盈舟中。蘭芷香烈山茶紅，客途怡此佳境逢。維舟淹留經日終，對花聽松爲耳聾。收入圖畫趣無窮，見之令我迷厥衷。恍惚遥置松陰濃，能事不忘非俗工。山霏濕衣雲杳濛，座間謖謖疑可從，誰其作者花隱翁。

謝兄宣譽送桂花

大枝三尺饋華堂，爲我慈闈愛桂芳。直得終朝增色笑，勝如百琲重明光。獨能相慰非同俗，深感高情那可忘。暢好池塘尋舊夢，使回再拜錦雲章。

秋日

卷簾花影晝扶疏，遠對蒼山讀我書。烟鳥不鳴人更静，蕭然木葉下階除。

重九無菊悵然有作

所喜每逢重九日，踈踈籬菊散香賖。經秋又説到重九，踈菊可憐無一花。屋外微陽何慘淡，烟中遠碧各參差。惟餘木葉西風下，獨立蕭寥石徑斜。

齋中感物作歌三首

破硯

東川草堂少所有，中有破硯才如手。將穿未穿蝕墨痕，出霧興雲信非偶。時時風雨來龍螭，攫之不得鬼神守。彼好事者千金求，鸜鵒了哥眼是否。吾硯費水雖差多，未必一日消三斗。深磨羞作無用言，或與等閑此芻狗。畏嫌我真懶出門，空堂朝夕成石友。

退筆

管城職要長力鏖，髮將種種猶甚豪。彼奸佞子怕相遭，誅之泉壤如銛刀。胡不勉爲貞順曹，大書特書樂且陶。義既宜削何能撓，筆乎筆乎鋒莫韜。中有微權吾所操，肯於人世惜其毛。我非負心忘汝勞，終當葬汝南山高。

餘墨

年年空谷無事功，但日磨墨情不極。一年須磨三五九，以之自課還自得。皓皓易污從古言，世間皂白分毋亟。莫信讒言滋泯棼，憂心惟石相著黑。塗鴉未足離俗塵，爲寫名賢法與則。澹或若烟濃若雲，華詞何由辱吾墨。

題岳忠武王真

炎劉之季傳武鄉，有唐繼者曰汾陽。迄宋南渡惟我王，大忠千古遥頡頏。昭若天漢垂三光，五國城遠秋風凉。烏頭馬角徒悲傷，我王夢寐縈其傍。上書不省情欲狂，朱仙一戰威武揚。黄龍指日酣瓊觴，奈何班師詔弗遑。赤松舊志何能償，高鳥未盡弓已藏。臣構忍耻父兄忘，只餘道服酬忠良。念勛慈寧宫漏長，至今向南枝鬱蒼。浙江濤怒汨扶桑，我瞻王真感涕滂。幽窗敬摹手沐香，摹成生氣森滿堂。王有靈爽神洋洋，來秉霞彩歸麟凰。日爲人世除匪祥。

自永邑歸見飛蓬感作

悲風號曠野，凄瑟寒日昏。驅馬古原上，歸來烟林村。遠見孤蓬轉，隨風常自奔。漂泊無定所，焉知終所存。艾敷及蕭榮，矧復若雲屯。人生在天地，真理貴能敦。置身一有失，將與蓬俱論。嗟哉吾黨士，慎先培本根。

夜歸

漏下人皆息，歸來自碧岑。疎烟迴遠水，澹月静寒林。落葉欲無徑，琅然行處深。高風將夜色，野曠足蕭森。

雪蹊菊

雪蹊菊乃在空谷之中，踈籬之下。

秋風秋雨經幾時，苦寒復值日兼夜。君不見陌頭花柳嬌春陽，冶游遇之俱斷腸。又不見舜華灼灼盛炎夏，暮落朝榮顔自芳。一旦凉天曉霜白，繁英盡掃慘脉脉。時去色衰焉所餘？惟餘空枝黯淡足嘆惜。那似此菊完其真，不雕不謝如德人。彼青者松翠者竹，雪深凍積爲比鄰。伊古高尚賢，非競沉冥性。得志奏平康，失意堪獨正。花稱隱逸菊留聲，花發亦宜隱逸情。冰雪於今相對處，勁姿信不愧嘉名。屋裏讀書静可悦，屋外雪聲碎瓊屑。愛花□爾晚能香，落落照影影無別。幽懷既爲開，清心亦爲折。何須寵以百寶之曲藺，何用薦以三尺之金盤。只有匡床棐几雪光射，共我晨昏樂且般。呼兒滿沽壹壺酒，酌花一杯我一斗。酒醉仰觀雪天雲，飄忽變滅杳難久。

高祖父舊硯歌

我高祖父昔廬墓，哀哀曾廢蓼莪篇。四方聞者咸涕泪，孝友先生名遂傳。友于兄弟孝乎孝，杜門不出惟注箋。手寫書多與身等，朝昏一硯崳糜研。坐此榮華悉非願，空山絶壑怡獨賢。徒令當時仰清尚，相求介弟容爲先。同邑陳簡菴先生嘗與五庸叔高祖帖云：『二兄先生高誼，願見不可得，當求爲先容也。』以高祖父行二，故稱二兄。所感河清與人壽，小子生晚將百年。心縈遺迹何可得，只從蠹蝕窺殘篇。誰意一旦遇天幸，此硯忽覯窗棱邊。房多世久已難問，破缺大半無完全。捧持既喜又復慟，泪滴硯端光泫然。持歸草堂置之案，拜倒階次泥濡顛。珍重正須勤滌濯，清泠行汲幽澗泉。滌以百過塵滓盡，彩騰氣起明夕烟。却念平生寫書處，恍惚神來臨几筵。敬係銘詞略石美，深刻其陰還自鐫。上銘曰守手澤器，下云如見情萬千。職因所貴不田物，念祖厥衷殷且專。對硯即對高祖父，德或未修貽罪愆。好古喪志足慚懼，但願守身硯俱堅。素藏舊匣祖父製，手親題識墨猶鮮。朱幾霞射照踈愰，量宜此硯安弗偏。高祖父硯祖父匣，蚤暮顧瞻益拳拳。玉帶生景文山烈，起家此硯堪比肩。小子作歌紀本末，仿佛史傳垂曾元。留示後人各努力，俾永保用磨待穿。祖武極盛日思繼，慎毋荒落同石田。

西齋

積素滿空庭，昏昏天氣陰。北風更慘烈，庭樹皆悲吟。堂虛寒益集，敝裘不可禁。惟餘堂下雪，照此堂上心。

負暄有感作

西齋敝且虛，繞階冰雪疊。北堂戲彩餘，來此積卷涉。披册未能誦，惻惻中已懾。所慰午晴開，負暄册還挾。藹藹如春暉，遠與北堂接。無憂予季凍，天景慈母協。敢矜歲寒姿，陽和幸相浹。但得母情寬，暄薄心亦愜。

丙申

元日

履新稱慶歡且嬉，兒女喧笑盈階墀。老母顧之顔甚怡，人生富貴不可期。我得至樂天所私，卿雲五色升朝曦。照耀彩衣光陸離，好風漾漾春熙熙。

北堂

北堂衰且病，每易侵寒喧。依依奉起居，憂思集朝□。不敢數存問，問數恐憚煩。但時訊小婢，低聲爲縷言。得知安不減，心怡出前軒。坐視階下草，亦俱生意繁。春鳥花間鳴，入耳忘其喧。所至悉隨化，一一呈真元。悠然遂微尚，此外安足論。

寒食

百五之辰一愴神，遠懷綿上怨猶新。至今天下皆寒食，何事當年薄此人。杳杳龍蛇常寂寞，凄凄風雨總酸辛。望中惟有閑桃李，不盡繁華媚好春。

古意二首

松柏經霜雪，經多氣轉蒼。崇蘭依衆草，郁郁有真香。

我有古時琴，冰弦玉爲柱。一彈静浮埃，再彈集風雨。

雨

雲濤漲墨烈風馳，雨脚垂麻急電隨。野黯天昏逃鬼魅，江翻石走鬥龍螭。空烟遽過全開朗，衆草含滋自悦怡。頃刻陰晴相變滅，遥看濕翠立多時。

子牧王丈澹園雜題十首

藤花徑

徑野陰益幽，蟬連迷遠矚。有時一兩花，静落石闌曲。

竹泉

泉水何潺潺，修篁烟錯雜。天風時一來，清響互相答。

夢緑亭

日日報平安，睡餘一倚闌。追維清夢裏，静色覺猶寒。

雪影灣

日余快雪人，心念滿汀雪。水净蒹葭秋，西夕獨飄瞥。

友石居

閱時石丈人，止此衆香内。一拜經千年，遥情得汝在。

楙香閣

我愛楙香清，求之涉風露。願得主人同，經秋閣中住。

燕龕

烏衣巷中人，十笏愛幽仄。不知夢有無，何處烏衣國。

烟嶼

有境無塵氛，寥然秋水岸。朝來視遠烟，又没嶼之半。

曇雲蓊

心與雲相浹，蓊虛心亦閑。時觀雲出户，飛雨落人間。

柏圍

翠柏立成圍，柏陰照遠碧。雪深不見人，來坐柏間石。

夏日讀書

人事不可知，厥修會當勤。虛館讀我書，清心忘日曛。所感三古後，簡畢殊殷殷。圭璧厭迂闊，賞愛惟華文。聖賢久寂寞，術業何紛紜。道切都不營，安論名與勛。大息視長天，迴風吹白雲。雲行自變滅，浩渺無涯垠。時復發微籟，嘐然空外聞。

對雨

盛夏多炎熱，杳濛山雨生。風來虛宇下，溽暑一時平。重以竹間響，對之怡我情。移時看復霽，天際暮烟横。

納凉

盛暑足煩燠，納凉佳木陰。木陰有時轉，隨之適我心。天運常變移，人事多升沉。堅志求其合，往往傷凌侵。因感向來意，信已一何深。遠風颯然至，傾耳盈清音。下音雜田水，上音亂鳴禽。相諧各自妙，如鼓疏越琴。對此已觀化，悠悠殫美襟。

夏夜

滿床明月静依人，夢影溶溶化月新。半夜醒來光欲動，不知是月是吾身。

早卧床榻觀隙中塵飛，因而賦之

霏霏微微伏還飛，杳杳濛濛朝日暉。或上或下有多態，以洄以瀠無息機。清曉卧待三竿影，惟余罹戒發深省。却看隙中慨世塵，由來棼泯何時静。竇馬金裝萬户侯，弦直鈎曲各千秋。可憐翻覆復誰已，一去不回水東流。昨日彈琴歡樂衆，今日衆散歡如夢。日積成月月成年，百年夢破浮生送。此生如夢亦堪悲，善不能名安足爲。自古酣豢少賢聖，茹苦若與英豪期。莫謂聲高遂自便，白瑜既污碱砆賤。莫謂陰行知尚難，微霜暮落烟早寒。曾聞贗鼎盛誣罔，室人竊笑道途獎。

匪真終見形迹彰，忠信始疑後必賞。等閑横斜天外雲，白衣忽亂蒼狗群。蒼狗白衣任幻化，往風吹合來風分。彼雲晷刻數變滅，此塵常飛亘未絶。好景易逝心易盈，欲師此塵向塵説。塵裏大千語過虛，隙間光駛身所居。春冰虎尾置我腹，起對此塵檢書讀。

雨晴

旬時雨昏晦，不知昕與夕。虛堂何所爲，寂對古人册。今日晴始開，歸雲遠猶碧。秋氣曠蕭條，翠流峰嶂積。惻惻晚天寒，衣薄覺寒劇。水發河無梁，瞻望素心隔。佇立獨踟躕，有懷詎能釋。

菊

室静窗虛迥絶塵，雨晴秋氣益蕭森。到來所目皆蹀菊，堪對斯花得幾人。趣與幽閑原自合，香惟冷澹始能真。悠然相對忘言久，起視林梢積翠勻。

羅飯牛所畫山水紙帳歌

論畫北宗殊寥落，石田而後惟飯牛。當其奮筆一揮洒，淋漓中并元氣收。坐令觀者盛炎夏，肅肅疑被凉風秋。伊余種桃軒裏過，徑丈大幅垂屏陬。列嶂際空木含雨，耳邊彷佛聲颼飀。又有二幅寬强半，一作踈散一密稠。密若無地互重複，陰森窅晦深復幽。踈若無天淡未了，杳然蕭曠精神浮。古紙單懸緲於穀，欲窮其説何所由。細視上旁係繩索，乃知畫帳爲幔幬。自昔梅花紙帳雅，常跂勝致思追求。矧兹山水四圍滿，寢夢泉石罕匹儔。我生苦去山水遠，僅從六法勤訪搜。濡染皴擦偶寄意，自憐筆弱難雄遒。擬依衆山臨粉本，往買江南春水舟。始歷金焦越廬阜，足踪直抵昆侖邱。數年置身丹碧内，胸填萬壑千瀑流。歸日解衣肆盤礴，筆端想見山靈愁。因愛分陰奉慈母，斑斕戲彩忘閑謀。那得此圖挂床榻，曲肱代枕凝兩眸。因時即寐與圖化，魂繞山水隨夷猶。朝爽夕佳各具備，心澄翠積相錯揉。覺來應厭人間世，塵埋洞壑容顔羞。古聞宗炳畫屋壁，彈琴山響情悠悠。豈如此帳任舒卷，到處可施娱更周。獨感飯牛初畫此，原用自怡非贈投。幾家烟雲倏過眼，沉閣篋底輕琳球。清福十百庸福厚，留待真賞方曲酬。茶熟香温隱囊倚，應愧獨享逾公侯。豪貴銷金既粗俗，少婦流蘇太華柔。人適物宜不嫌舊，虚堂小住安且休。世事乘除總無定，今晨聊對成卧游。

雪后歸

北風烈烈犯寒晨，眷戀高堂有老親。四野兼天惟積雪，一竿初日獨歸人。馬知故道心無慮，村隔踈烟望不真。所愛諸峰回遠目，皓然雲外自嶙峋。

嚙雪

積雪盈廣庭，寂對坐相愜。取來一以餐，清心憺與浹。世情忽已遺，至味邈然接。古人尚高踪，往途如可躡。餐餘向寒林，烟晴遠翠叠。

謝賈松軒饋橘皮歌

經年不聞山水琴，十日五日勞沉吟。忽然瑶華來好音，知我北堂白髮侵。橘龍皮蜕爲遠尋，世人結交重黄金。恩易怨輕無淺深，相愛以德誰自今。得君道古崇幽襟，開緘千百璆與琳。臨風再拜情難禁，永好瓊琚非所欽，報之一片平生心。

丁酉

水仙

滄波眇眇烟冥冥，波漾微步來娉婷。生塵羅韈光采熒，若危若安神未寧。或是漢女從湘靈，春風有信吹雲屏。相遇含詞夢初醒，要之玉珮爲少停。悵望媒勞常所經，寒窗愁絶流芳馨，何處數峰江上青。

春草吟

初生遠道綠菲菲，嫩色偏侵游子衣。好句無心尋昔夢，高堂何處報春暉。輕含宿雨愁還碎，弱倚和烟景尚微。正是王孫鄉感切，天涯曠望不成歸。

二月九日雪

朔風飛雪洒闌干，冷落青春重客嘆。苦憶蕭蕭遥入聽，北堂愁卧念兒寒。

挂劍臺

歷聘歸來禍已成，非關一讓亂階生。常懷遠迹延陵意，猶是當年采藥行。史紀清風曾尚論，臺經挂劍有餘情。登臨四望人何處，野草茫茫落照明。

亞父冢

玉玦三舉王不語，劉已成虎項爲鼠。何待使回聞間言，亞父崇奉過尊汝。故君何堪問水濱，喑啞叱咤豈真人。不見辟穀穀城石，功名之際誰苦辛。

歌風臺

亭長作天子，天下皆沛中。如何建長安，起市名新豐。父老真足樂，猛士未爲雄。鳥盡弓已藏，與誰爲始終。四方果思守，禮樂儒必鴻。叔孫面諛間，徒此歌大風。乘高一憑吊，夕照迴空濛。

燕子樓

幽蘭之芳不擇塵，苦節之貞無定人。賤妓何知尚名義，空樓獨守終其身。一死猶虞浼所親，惟餘孤燕共昏曉。風雨悲鳴酸且辛，丈夫鬚髯森有神。伊誰圭璧自崇珍，燕子飛來復飛去，試看樓古千百春。

放鶴亭

一記成千古，山人得此亭。鶴飛何處所，空見衆山青。澗水如琴響，我來獨自聽。蕭然招放地，落日杳冥冥。

觀水中浮雲影感而作歌

白雲滿天若可收，影入春水輕且浮。掬之無迹視天上，天上水底各悠悠。千古榮貴與窮困，偶爾相遭誰利鈍。須知變滅皆浮雲，何用得尺更求寸。所念難逃彝紀存，天常在空水在盆。雲來雲去總莫定，水落天清人共論。屑屑乘禪説烏有，觀身如是豈能守。我已息機因自然，水天一任亂雲走。

齋前貯盆水，早晚飛蟲墜其中，時出拯之，因而有作

石盆浮静濤，一漚起黄海。蟲飛無所知，屢墮不曾改。古人重經綸，康濟必衡宰。事權苟未屬，此心欲何待。莖草開津梁，厥功亦已猥。蟲蘇遂其生，波定流光采。悠然吾道存，即事向千載。

雙燕和友人

差池柳外暖烟霏，款受春風幾日歸。玳瑁梁間聞對語，鬱金堂裏見交飛。一年寒食離思切，萬里關山旅夢稀。多少深閨人獨坐，此時感爾正依依。

庭際

庭際一花落，窅然清響微。榻間香篆出，繞屋散還飛。日永閑無事，對之息我機。悠悠觀物化，理愜復何違。

夏日作

南風集熏熱，溽煩倏已兼。虛館絶塵踪，寂寥常下簾。境静息群動，開書吟自恬。閑心樂微尚，憺忘天氣炎。翛然烟鳥飛，時一鳴庭檐。起來向木末，空翠遥相瞻。

蘇文忠公墨梅歌

文忠當年自寫竹，直起不分節與日。生時何曾逐節生，世聞此議舌皆縮。古無由見常繫懷，喜遇墨梅閲清淑。圓勁正同海南書，奇氣結蟠韵肅穆。我行我法脱蹊徑，仍似寫竹神境獨。旁流真趣天蕭寥，啓卷香風滿一屋。公之文筆如泉源，隨地涌珠萬億斛。欻乃平頗到處佳，惟笑雕蟲苦拘束。偶然游戲爲此圖，豈猶俗史競邊幅。龍蛇走空把捉難，霆擊電掣墨雲矗。徐熙趙昌花卉名，每值縱觀兩眉蹙。粉脂厚污霜雪姿，坐令冰魂怨羞辱。得公無意傳其真，蘭湯湛湛土塵沐。

暇時取對遥碧懸，晨夕誰厭百回讀。

雨

無邊暑氣日侵巡，欲騁幽懷盛宿塵。一雨林山何淡冶，滿庭花木各鮮新。當前屬興皆佳景，到處餘清正可人。默坐虚堂開積卷，羲皇又得此時身。

後懊

浮雲世事電光流，變態經心總未休。雨罷空林聞後懊，一聲凄楚一聲愁。

夏夜

碧雲微且散，依此遠林端。對久不能寐，凄然風露寒。廣庭何寂歷，北斗正闌干。渺渺懷情極，悠悠獨浩嘆。

元祐黨籍碑歌

文德殿前日精蝕，真仙岩畔星辰吐。碑碎名真不可磨，餘官有孫表厥祖。此本爲沈暐嘉定中重刻。我仰諸賢積歲年，蘄得寓目心歡然。奕世恨事轉成喜，彼京之惡空滔天。昔當誣籍怏群醜，今日碑在英靈守。三百九人珠寶光，只幸珪惇附鷄狗。小人道長君子消，此禍由來非一朝。借黨爲名務罔盡，籍刊元祐殊嶕嶢。宣政政污任奸宄，斬絶國脉僅餘幾。萬方玉食厭美甘，圖向冷山作餓鬼。天若祚宋優始終，三百人皆奏膚功。伯夷禮樂禹皋績，三古而下誰能同。可憐碩德總林立，大猷未用譴先及。徒假此碑播遺徽，鴻荒開闢一盛集。東流汴水雨冥冥，宮殿虛無烟草青。碑石銷毀歷時代，片紙珍重千佛經。宋人稱此碑爲《千佛名經》。退翁舊物証題志，此帙有孫退谷記。曲几焚香閱再四。慷慨倍增尚論情，依稀高揭安民字。安民乞免名常新，彼京善書賤土塵。相臣石工各自置，爲告來者觀碑人。

美人

美人絶世姿，獨處空谷深。自珍勝珠玉，寥寥成此心。十年無與知，日對蒼山岑。有懷不可道，西夕彈清琴。上彈宿烟静，下彈神聽歆。素蘭出其香，修竹留其陰。冶彼市門子，新聲起哇淫。聞者各忘倦，輕散千黄金。識曲固相待，屈身非所欽。

夜雨

高堂喜我證來期，夢入庭闈樂不疑。睡覺依然身在外，五更燈暗雨聞時。

經曹武惠王墓

一誓焚香宿病寬，生靈百萬堵全安。共知歸棹無他物，不道多錢是好官。荒隴斷碑春草合，野烟孤冢夕陽寒。搜兵解縛當年事，冷落西風駐馬看。

十一月四日雪

北風暮寒益，昏晦陰雲偕。蕭條凍雪飛，響此堂前階。清景宜幽心，感多難自排。遥遥念慈母，予季常爲懷。對兹積素深，垂憶縈空齋。慈母意如雪，雪密無有涯。兒身雪委泥，欲動不能諧。陟屺效昔人，出門雪參差。蒼茫遠望隔，皓遍林間崖。

畫鷹

高岩際空林木修，下有懸瀑飛且流。决雲未决神夷由，氣敵萬人爲斂收。百中争能如可羞，玉絲金鏇非所求。尋常那肯羈塵鞲，不翔不搏心悠悠。衆禽見之魂喪不，孩虎辟易熊狐愁。畫師入畫精采遒，猶令檐雀深叢投。鷹乎鷹乎善自謀，唧唧凡鳥朋其儔。願盡驅除無少留，鸞鳳和鳴嘉景浮，汝亦一試摩天游。

寒雁

天寒旅雁未曾歸，寂歷蒼烟白水圍。幾處灘平經寄迹，一行影亂感分飛。亭臯送目凉風急，歲暮懷人尺素稀。此際關情雲際去，不堪相望向殘暉。

戊戌

堂上

堂上奉觴餘，雨晴佳景寬。行行出村郭，清興何有闌。耕者古原滿，叱牛聲亦歡。遠峰似初沐，新翠浮雲端。相間碧烟色，春氣靄微寒。對此眇難盡，悠然游且盤。歸來意不極，倚户猶長看。

范巨卿墓下作

一語餘千里，經年計日行。登堂雞黍具，太息古人情。敝壟踈烟下，長林落照明。我壞深不極，浩浩念平生。

西山

西山蜿蜒如游龍，蟠屈亘天烟霧濃。之而隱現難形容，又如香水海内逢。千朶萬朶金芙蓉，花花葉葉何丰茸。碧雲有時生夕峰，峰將雲雜紛且重。辨之不得疑堆胸，我行既近當其衝。春衣常爲霞彩封，衣上蒼翠光溶溶。五岳秩崇偉厥踪，出游未遍猶憧憧。今得觀此好相從，對久并忘餐與饔。我僕催行心弗慵，岩隙日已臨高舂。

對月

遥遥天外月，似向故園看。入夜景初静，深春光尚寒。高堂如不寐，此際倚闌干。相望各千里，念之長浩嘆。

楚霸王墓

萬壑嵷巃崒且嶕，此中曾葬項王頭。夕陽殘碣陰風激，野草荒烟石馬愁。失計空煩三示玦，分身却易五通侯。魯公備禮爲忠厚，舊約當年憶也不。

太白樓

謫仙仙久矣，一至已名樓。欲殺世皆滿，當時何所仇。天人相企望，今日以千秋。故事每如此，吾生歸去休。

觀雨

竹木風來暑氣收，凉生滿座颯清幽。烟迴北垞依雲上，翠落南山雜雨流。極目空濛皆入畫，經時曠望已如秋。遥遥最好聽田水，幾處潺湲下隴頭。

蛩

凄凉經夏夜，唧唧未能休。爾至一何早，客心先已秋。所思常不見，久聽那無愁。矧彼故園月，偏來孤館陬。

小李將軍《山水圖畫》歌

畫中大小將軍李，猶如羲獻書法傳。心得其中雖有變，將門一泒分源泉。寸人豆馬聞自昔，界畫樓臺宗泒延。宮人似蟻善名狀，乃翁筆已隨飛烟。我讀舊文疑夢寐，情係無由來眼前。兒迹珍藏留大幅，過江幾代仍完全。春風駘宕客燕市，獲逢携至非偶然。展開神傾屢錯愕，金碧溢目光流淵。静審山水辨人物，想像而翁相後先。山皴鉤勒細於髮，却能渾穆辭雕鐫。水紋滑笏縐縠霧，活活仿佛聲淪漣。宮闕浮雲遠覆壓，循山沿水觀蟬聯。人密朋聚踈游散，或陸行立波在船。陸值橋垂走騎過，下者逢橋手自牽。馬意畏橋不敢上，牽挽倍力雙舉前。若蟻若豆罔重複，生氣妙入秋毫巔。終夕嗟賞初滋惑，難尋姓字窮中邊。忽見蠅頭列昭道，金泥書耀峰嶂偏。始信開宗果甚异，後來纖碎皆曾元。從古畫理説弓冶，將軍而降南宮顛。馬遠趙孟頫父子亦云繼，父或代子情可憐。孰勝將軍各造極，是父是子奇成天。惜哉殫工衹一枝，誤用其才精慮捐。移之共立功與德，乃翁能聖兒能賢。典型弈世盡興起，何徒絹素千百年。

九日和友人

一年秋好是重陽，不奈重陽在异鄉。稚子隨身聊慰藉，時世昌在側。高堂遇節定思量。風迴北雁飛聲遠，木落南山積翠長。獨有題糕清興極，得君無負菊花香。

都門集

夏邑　李樹穀

余於乾隆庚子夏四月，偶因人事至都門。天假之緣，獲同好相與倡和。登高望遠，燈灺酒闌，爲一時勝致。此外即景寄情以及酬接之間，以詞見者亦常有之。至辛丑，幸際國恩异數，試任楚南。又五月，出都，乃取散稿叙録一通，題曰《都門集》。計若干首。夫分符入仕途，不必繭絲僕僕底於俗吏之爲，而民社之責伊重。凡百切幾，朝夕勉力，求如在都一二知心所謂會《風》《騷》於旅邸，不可能矣。暇日感舊懷思，取而檢之，即卷中之作以憶作之之時，猶恍然某地、某人相與流連吟望也。東川李樹穀自序。

白雲

白雲何意緒，眇眇翠微間。偶遇清風至，悠然出故山。無心隨所向，帶雨亦常閑。潤物春原遍，從容好自還。

赴都門

一聲長嘯出烟霏，遠道風塵接曙輝。可有功名相促迫，何當世事各因依。芳蘭滿目行常發，鴻鵠摩天好自飛。只顧松�難慰處，不知離去幾時歸。

題童二樹『鬚』字韵《畫梅歌集》二首

最憶安陽夜色幽，寫梅歌就月當樓。丁亥山人修《碭邑志》，余過訪，爲賦《畫梅歌》二章。誰知一別常如雨，回首西風十五秋。

襟上斑斑血不乾，夢魂堂下自盤桓。新篇忍讀相思切，猶道圖開咏采蘭。余有采蘭小照，自題五古一章，二樹和韵。集中有見，寄作及之，蓋不知余復失恃也。

自題《望雲圖》

昔圖蘭采山之陰，安惟不遑歡則深。今我望親何所舍，白雲天際思難任。雲來惝恍若將見，雲去空濛誰得尋？雲去雲來自無定，或遠或近常沾襟。高風栗烈吹暮林，林木爲我皆悲吟。生人至此亦窮極，白雲眇眇傷我心。

童二樹山人七十九，疊寫《梅歌》『鬚』字韻見寄，依韻奉酬

我昔相見初有鬚，先生滿頰蒼蒼株。我鬚而今亦滿頰，先生聞已霜雪濡。去各一天十五載，可憐歲華變肌膚。洛城塵土日撲面，欻然得接坡翁蘇。蘇惠坡如溱。爲道先生相思切，爲述先生近起居。爲示先生寄懷作，讀之泪血聲與俱。我想秋雨安陽道，林烟杳冥新雁呼。先生留我那能住？庭闈眷戀如仙都。歡笑昔和采蘭韻，傷心今咏望雲圖。窮無所歸一身在，萬事世間全渺虛。平生大樂盡皆失，何論過目多榮枯。只餘皓首故人意，千里百里期不誣。遠路聊乘北風便，題封一紙殫區區。

促織

天高露下夜燈幽，撩亂客心錦石甌。孤館數聲聞促織，故園千里動離憂。誰家笛奏關山月，幾處書封鴻雁秋。遥念此時機杼理，那堪相和小樓頭。

偕武虛谷、何小山過蘇惠坡邸舍小飲即事，同賦限『雅』字

秋氣盈階除，旅館亦閑雅。相偕一二人，來訪素心者。京洛多風塵，古句。微雨忽已洒。雨踈酒

杯深，曠望遠懷寫。西山翠欲滴，照此虛堂下。談言非世情，光景一林野。所願始終期，同守不容假。出爲謝公埭，處有少游馬。浩然定平生，厥衷豈聊且。勿以陽春歌，曲高和遂寡。天外殷雷聲，沉沉吾醉也。

蘇惠坡、武虛谷、何小山游法源寺，小山爲五言一章紀事。是日余相訪不遇，及得小山作，因和韵以寄

雨脚垂亂麻，一日再三過。没踝泥常深，積空雲不破。何以遣蕭寂？散帙掩開坐。偶晴即相尋，行遠憺忘癉。豈奈天弗假，所至皆虛座。歸來高咏聞，字挾妙香播。真游水精域，安得俗緣涴。伊余瀹宕心，未能共清課。蘭雪秋氣閑，飄洒隨風唾。枉對琳琅詞，徒令遺憾大。東望霞自飛，西眺山如卧。此意無人知，爰寄聊爲和。

都門邸舍呈蘇惠坡兼致武虛谷、何小山

芳蘭芝草喜相遭，握手心知各自豪。日以人文爲砥厲，天教旅邸會風騷。烟澄北極清霄迴，翠積西山秋氣高。珍重時光同勉力，共期無負此青袍。

題蘇惠坡《醉吟圖》

岩谷曠幽窅，高林森欲冥。中有醉吟人，衣上落空青。既醉何能吟？或恐爲獨醒。心得與醉適，豈止忘其形。天風晚蕭寥，澗水日清泠。吟聲互相答，白雲一以停。伊余好高咏，見之如已經。酌酒對圖畫，悠然神外聽。

余不果赴中秋之約，小山賦五古一章，惠坡和韵見寄，作此奉答

故無失爲故，親無失爲親。此義在今古，所重惟其人。家弟好相友，是日立齋招飲。節逢酒杯陳。意深不可辭，行樂洽天倫。遂辜同心約，情切莫由申。詰朝誦佳什，怨思一何真。自慚復自慰，獲交良足珍。明月豈常圓？圓幸及兹辰。同心豈常聚？矧當秋景新。兼顧既已難，愆期中苦辛。安得彼仙術，爲化千億身。

余爽中秋約，小山酌以大斗，惠坡適至同飲，以有招飲者，飲三杯遽去，戲賦俳諧體以寄

伊余負約中情慚，罰余大斗一再三。余本酒人適所願，再三再四無乃貪。坡翁好我忽然至，小山

興高屢舉觶。意有欲行不得行，酒債滿前那容避。橫斜日影將夕西，華堂虛坐賓客齊。翁誠飲者念相待，一舉輒盡三玻璃。放杯攬衣竟去矣，余醉如仙走如水。出門送出忘門楣，打頭蹶足笑聲起。余還縱飲無少停，余醉陶然心尚醒。被酒强立爲長望，西山顧我何青青。小山拇陣奮厥武，余復賈餘壯旗鼓。行樂已極醉安辭，形神得親代作主。不知翁也當此時，蕭然木葉秋風吹。沉酣醉亦若余否，和墨浩歌一問之。

隔壁聞女郎吴歌同小山賦

離愁幾日太縱橫，颯沓秋風滿洛城。最是客心難遣處，何堪又作斷腸聲。
望盡刀頭久復朝，關山夢裏路迢遥。同聽正有江南客，不信羈魂得不消。

游陶然亭寄蘇惠坡、何小山

城居憚塵氛，幽地行散步。高亭出層雲，登躡穿踈霧。俯臨荻蘆花，萬頃如積素。西山虛翠浮，邈然澹相遇。見之已心往，咫尺引仙路。却念同好人，未獲共昕暮。勝景空自澄，獨觀樂非具。天遠視飛雁，水澗聽鳴鷺。秋風颯沓來，黄葉下烟樹。

吕母篇

寧陵吕謇庵孝廉，思維母氏求鄉先達爲文以傳孝慈，余永邑吕氏外甥也，因感而頌之。

沙隨先生古儒者，司寇公坤。傳家閨範今尚存。遺澤至母百餘載，能於壺内培真原。母也事姑嘗刲股，爲孝雖愚情則敦。母也教子子名立，爲慈義方離語言。子復志孝念慈訓，播揚芳烈如蘭蓀。伊余吕氏之自出，永邑沙隨同一源。我母生亦奉閨範，惟先生教教家門。講學州中郭有道，曾序淑德垂璵璠。商邱郭畏齋先生爲先母製壽序，述遵司寇法甚悉。秋風蕭瑟忽然至，林木悲吟夕烟昏。京洛千里遠回首，惟見白雲天際翻。閨母舊事憶吾母，追依舞及傷心魂。躑躅不知其所以，涔涔但餘衣上痕。

和小山秋夜之作

夜久秋氣何蕭森，將冥不冥烟月沈。有客羈栖發幽唱，聞之切切如清琴。憂重怨積致非一，所思實勞瞻望心。采香盈掬待遺贈，徘徊遠路愁至今。閶闔千里那能見，惟山石古江水深。此時西風正颯沓，琅然木葉驚空林。冷蛩哀雁更錯雜，何堪兩耳蒼凉音。填胸百緒誰暫寐，二更三更猶擁衾。我亦紆懷客京洛，舊游入夢難追尋。誦君佳什感君意，意同與我紛交侵。安得所思會相聚，天涯孤館無滯淫。

秋夕和韵二首

衣袂薄寒生，空庭佇西夕。遠峰曠望間，上有微雲白。

不盡故園情，愴然泪欲洒。何當老雁聲，日暮南飛下。

重陽雨

羈客京洛遇重九，一年登高清興長。飛雨當空自蕭颯，遠烟極望何蒼茫。雁聲木葉互相亂，濁酒菊花誰得忘？秋氣迴盤各無賴，西風淅淅吹衣裳。

雨止同惠坡、小山游陶然亭

滿城雨乍歇，游覽凌秋暉。亭上晴已開，亭下雲猶霏。亭上臨亭下，雲氣濕我衣。好此登高節，天風清以微。百里隱遥翠，濛濛見依稀。光景遷變間，情閑愜復違。身世一俯仰，澹忘心與機。無言向浩渺，遠視孤鴻飛。

法源寺訪菊作

髯蘇一語足千古，菊花開時乃重陽。經古重陽又五日，眼中不見菊花黄。燕市偶逢行賣者，種凡品下情已長。法源寺遠有菊圃，聞之起舞何顛狂。同好不來即獨往，到寺亭午凝秋光。苞含涼露垂大半，將開未開各芬芳。宛然天女十笏室，亦笑初現雲中妝。京洛塵土傳自昔，那能幽地比柴桑。故園遥望渺天末，籬下繫心安得忘？於此真堪動清賞，過階夕影猶相羊。欲去仍止屢傾矚，氣霏悠悠兼妙香。祇林若與爲久住，願居花裏如觀方。重陽再展待花滿，落英可掇兼糇糧。人生適意皆佳境，豈必朝昏三徑旁？憺向空濛送游目，西山顧我迴青蒼。

寄懷故園諸子

亂鴻飛不盡，秋氣一何深！相去各千里，其如離别心。疎烟連遠碧，落照澹空林。杳杳天涯望，憂思矧可禁。

武虛谷將歸偃師，賦五言二章留别，和韵送之

疎菊散前榮，崇蘭被左牖。西風吹白雲，招摇尚指酉。此時驟歌聲，將歸送我友。立身戒無狀，

桃梗及土偶。原欲行所學，煌煌印懸肘。君駕不能停，奉君一杯酒。君有民社責，需次亦非久。須令生計聞，毋俾爲百走。稽古重十年，可以福黔首。伊余客京洛，態不改狂奴。自愧非木難，安能潤崖枯。秋風故廬下，菽苴與斷壺。亦欲驅車返，悠然壥慮除。荷鋤向空碧，一笑適真吾。君歸若相訪，訪之豳風圖。

和韵小山見寄之作

我昔野居偕雨童，開畦屋外三五弓。近臨松杉杳烟靄，遠映虚翠磨青銅。隨時種花花發滿，美人繞屋嬌春紅。手持一尊自酣暢，不知夕影沉碧櫳。太息飛絮由天風，吹來吹去川路通。浮迹京華任飄泊，但聞囂雜填厥聰。故鄉回首那可即，念之觸緒心煩忡。幸獲相好好學道，羞逐世俗矜雕蟲。猶如種花必蘭茝，盡除藤葛刪蒿蓬。筆底流香書在紙，居然溢目花茸茸。晨朝朔氣迴寥空，旅邸孤坐向修桐。叩開寄來寒夜作，高視往古皆牢籠。鰲呿鯨擲波浪涌，當者辟易驚奇雄。自分平生鄙餘事，靡詞未信才遂窮。雖難彝鼎銘勒功，豈欲歸效多牛翁？尚有名理貽賢聖，千年無極樂趣同。澹忘鐘鼓與饌玉，低頭并足求折衷。此外凡百甘痴聾，何得何失黄海中。亦起浩歌屬吾子，毋因近玩亡珍瓏。

和惠坡

北風入暮何凄凄，目極黄雲天欲低。美人不來月已上，虚館孤坐烏初栖。一尊薄酒未成醉，千里鄉書空自題。高咏微吟總無緒，掩關蕭寂心如迷。

武虚谷秋日歸未果，十月始行，臨岐再賦絶句二首

朔風凄緊薊門天，雪落烟昏倍黯然。此日旗亭一杯酒，不知重對又何年。

旅客何堪話别離，河梁想見古人時。一言珍重須努力，好念同心皓首期。

雪中訪小山作

入聽聲欲希，朔氣孤館侵。開户一以望，雪下空庭深。浮光照書素，蕭寥清我心。因憶同好人，愛此寒景森。躡屐獨遥訪，行迹瑲琅音。相見各休暢，對之發高吟。

對雪

伊余孤澹情，趣與人世别。獨立視遥峰，皓皓向寒雪。空濛净色積，照此襟懷徹。踈烟曠望間，邈然自怡悦。

爲朱鑒塘畫《望雲圖》

白雲天外飛，難爲游子衷。一望一零涕，惟君與我同。我豈能圖畫？感此情無窮。來命何惻惻，勉報誰云工？閣筆佇相對，愴然向遠空。

題《閔正齋奉饌圖》

人都即聞閔孝子，以善寫照名長安。相逢得與孝子友，奉饌一圖羡承歡。圖内兩兒具春酒，妻先妾後供朝餐。孝子自進親容懌，滿堂休氣交回盤。孝子就圖述覼縷，追摹冥默精力殫。孩稚煢煢失記憶，仿佛景象空悲酸。思深情切通夢寐，平生時像神采完。寫照名高幾十載，皆由至性開其端。伊余風木痛不已，白雲遠望涕汍瀾。孝子見余哀余志，貌余妙筆窮肺肝。私恨未工寫照法，庭闈久事傳真難。諦觀孝子奉饌册，錐刀置腹何日寬。孝子孝子亦人子，獨能爲此足三嘆。

辛丑二月十五日同惠坡訪小山作

花朝古良辰，忽憶處空齋。乘興不覺遥，行行我友偕。入户滿清景，竹陰散幽階。春光駘宕間，悠然遂好懷。境静心自遠，情怡理俱諧。相對至昏暮，忘此長安街。

上巳同惠坡、小山聚邸舍即事

佳日喜逢天氣新，相從旅館樂逾真。騁懷豈必皆幽地，高咏猶堪視昔人。景麗平空雙闕霽，香飛遠樹萬家春。坐中正有山陰客，不負蘭亭禊事辰。

得虛谷書

一别經三月，羈人復索居。喜從千里外，忽得幾行書。草屋嵩峰對，開窗暖翠虚。遥知孤坐處，拄頰正懷余。

衛伶歌

蘇惠坡作《衛三歌》，適客述其人甚悉，因而和之。

濯錦江波漾香液，峨眉山色深凝碧。文君故里多麗娟，衛伶復奪梨園席。伶也少小傾蜀都，免籍已隸霍家奴。將軍既還猶怙寵，長官買笑情不輸。長官能喜亦能怒，欲置圜户法常錮。弱質寧堪重摧殘，雲昏雨晦泣昏暮。脱身萬里走京華，京華嬌鳥啼落花。將軍移鎮歸無主，獨倚西風孤影斜。屈志教坊作子弟，形容憔悴競姍詆。沿門幾吹行乞簫，充腹誰分太倉米。西來曲部人侏儷，但求入試死弗辭。當場一曲百媚出，才是奈何初喚時。京華二月春如夢，再闋再續好音送。有時音寂動以神，消魂枉教觀者衆。觀者先至劣能觀，後至無地得盤桓。祖禮催起冰弦急，目眩精摇愁欲闌。旦日名高諸部上，東市西市氣凋喪。長安城内三尺兒，皆羨衛伶莫與抗。回首窮路慘塵顔，自知色藝非等閑。擯抑久經下里下，邀憐敢望豪貴間。天然真艷那容没，側耳菱歌未及卒。共看寶馬贈相追，豈止黄金數論笏。從古英賢淪落秋，或殫窮餓空山幽。彼伶何居尚無定，人生萬事良悠悠。相士失貧馬失瘦，伶乎伶乎疇汝右。公車正有王先生，太息爲汝向清晝。

鶯兒曲

鶯兒，衛伶弟子，美冶有出藍之譽，一時競惑之，諸同人爲賦長句，索余和，亦作此。

衆花如海香無痕，乳鶯飛來花影昏。恰恰啼聲舌初滑，一聲一轉人消魂。好風吹聲入雲去，散滿春城花發處。楊柳絲牽烟雨濃，嬌聲百媚漾輕絮。鶯鶯燕燕原同時，伯勞東西心所思。錯雜鶯聲各自好，間關聲繞紅豆枝。錦江萬里鶯花國，長安大道多艶色。鶯兒語細春夢中，花遠春長杳何極。鶯兒、衛伶皆蜀産。

傳東溪屬意鶯兒戲贈二首

自喜宫鞋别樣鮮，低頭一看一嫣然。知君願入閑情賦，奉與卿卿著意憐。是日觀演吉星，臺作旗妝女侍。

可堪紅豆種相思，一曲銷魂不自持。他日京華尋舊夢，豈宜重問小鶯兒？

題申橋門《建安七子圖》

橋門過余寓館，適余出，案上有吴綾，橋門爲作《七子圖》。余歸係以小句。

公宴篇篇氣若蘭，可憐才調共游盤。同時獨有吟梁父，不把風流屬建安。

都門送蘇惠坡歸里

我來都門一周歲，得友及我惟三人。小山倜儻脱羈靮，我與坡翁爲等倫。盛時不遇由才薄，性情相契浹其真。今日旗亭一杯酒，斯須暢然懷抱伸。丈夫泪不灑離别，矧乃君歸奉慈親。天予至樂宜善受，似我窮極空傷神。得無足喜失何愠，中心塵兹良已頻。但願君歸守此意，千里百里猶比鄰。匆遽臨岐難覼縷，驪歌催唱聊暫陳。一言重箴當共勉，他日自愛常如新。

題山水小幅送傅東溪

我非山水人，愛此林山景。君歸故山去，山光旦夕領。窮達常由天，幽情可自騁。悠然汲古餘，對山理修綆。道得機遂忘，性定觀能静。積翠渺蒼蒼，於焉發深省。

代人留别二首

長亭十里夕陽昏，淡酒一杯雪涕痕。欲去不能留不得，雨行堤柳盡消魂。

停車且暫唱驪歌，歌又將終奈若何。只爲有情難禁别，教人翻恨是情多。

題《畫柳》與小山即用贈别

聚首京華正一年，如何刻日近離筵？爲君寫到消魂樹，不覺毫端盡黯然。

汪秀峰所藏印譜歌

余年十三學弄印，文何而上心求詳。邇來更閱三十載，有時刊刓仍未忘。今年出作京華客，得遇民部從商量。爲我置酒開弆藏，等身衆譜堆琳琅。近匯諸友何鬱蒼，遠樓歷古珠寶光。漢銅六册尤珍貴，蛟蟠螭結紛盈箱。古者此事每相鄙，壯夫不爲情甚狂。美新勿羞羞篆刻，文俳賦詭誰低昂？聖賢大法戒玩物，志能無喪安所妨。伊余褊狷慚弗惶，朱門行過徒長望。因君同好聊毀方，欲乞縱觀傾橐囊。君其屬閽莫余阻，余將朝夕來堂堂。

畫中三友歌

郭一癡滮、閔正齋貞、申橋門溆泮皆爲余作《望雲圖》，感而賦此。

我來都門纔三日，於友人座逢一癡。傾蓋相與形迹外，投契已似平生時。伊余内行性所重，閔孝子名忽聞知。水月僧寮獨往見，見之握手通心期。橋門千里最後至，慕余拙直來頎頎。會面更無主客態，肝胆流注各淋漓。三君皆擅六法妙，天機入手何恢奇。慨余煢煢痛永感，望雲涕洒烟水涯。一癡爲余作横幅，凄然孤影羈人姿。孝子筆先會以意，有如草書風雨馳。人高筆异脱徑路，與余天遇非由私。橋門白描出心得，頡頏當代無參差。我情益遠益難已，三君摹寫俱不辭。

略貌但求神克肖，見者動色疇然疑。我亦學畫畫林嶂，踈濇非徒同好推。日取三圖挂素壁，常覘厚愛交離披。

別郭一癡

得君經歲浹天真，那更勞君送遠人。他日相思餘妙染，一回披晤一如親。一癡作《將離圖》送余。

別申橋門

此去沅湘香草間，離憂日日不能閑。思君願得一相過，同畫洞庭湖上山。

別魏穀亭

一載聯床客舍閑，何堪別唱動離顔。自憐此後懷人夢，常在秦雲隴樹間。穀亭分符往蜀。

再別小山

兩鳥相酬好共期，如君那不繫人思。行行獨在瀟湘月，可奈秋風雁到時。

赴長沙留別都門諸友人

自我入都經年所，相逢相親非一人。升沉通塞不足計，浹洽皆惟情性真。巍科數奇未易得，一官乃看衡山雲。平生何者學可信，受命惶悚餘逡巡。折柳旗亭遽將出，同心送遠踟蹰頻。此去京華各千里，瀟湘洞庭烟水濱。回望故好似天上，置身矧復常風塵。丈夫豈徒感離別，疇以教我官方醇。他日苟能奏微績，拜言始信交有神。

都門絶句十四首

余自客夏入都，凡届佳辰，皆與寓目，因而紀之。

入夏長街暑氣賒，宜人渴吻勝於茶。烏梅漿洌調冰水，銅碗聲高亂賣花。賣冰水叩銅碗，宛轉可聽。

六月炎天午漏催，西城車馬走殷雷。如花仕女揮香汗，競看河邊洗象來。

七夕愁霖總未停，誰家乞巧夜冥冥。何堪屋漏聲無盡，負手巡檐獨自聽。

海潮音出大西天，白塔凌秋靄瑞烟。最是聲聞若相續，風經挂起一年年。西僧梵誦謂之海潮音，風經懸挂在白塔前。

中秋晚霽月垂華，客裏風情酒是家。夜久居人燒絳燭，一齊瞻拜兔兒爺。都門中秋賣兔兒爺，作甲裳狀，居人買祀之。

窑臺不遠江亭路，路上行人蟻樣多。也去登高重九節，幨車載艷幾回過。陶然亭，一名江亭。

由來十月小陽春，烘放名花色照人。卧兔齊眉花插鬢，梳妝到此倍鮮新。

玉蝀橋長白雪封，橋邊積凍結重重。行來好遇冰嬉演，小至今朝正拜冬。

弟侄相依總憶鄉，圍爐對語夜偏長。客中除歲如何守，借得撝蒲候曙光。庚子除夕，同季父□之侄昌六守歲，從弟立齋太史家。

东城壽節近勾闌，列烈新年朔氣寒。日暮歸來纔散戲，逢人盡説衛長官。都門劇十餘部，衛伶最著，辛丑元日演於海岱門之廣興園。

沿街各放上元燈，禁弛金吾夜月澄。齊向精忠祠畔去，烟花盒子看層層。

最好濃春二月天，歌樓舞態十分妍。鶯兒語細嬌無那，不是情人亦欲憐。余嘗爲作《鶯兒曲》者，張竹泉絶句云：『勾闌十二春如海，腸斷鶯兒一曲歌。』何小山云：『試向勾闌歌一曲，何人不唱外孫辭。』其見賞如此。

上巳蟠桃宫外道，也如當日上河圖。宋院本寫汴京清明景。不知妙染吴繒者，可見都門此景無？

良時浴佛啓僧寮，頂禮群來翠黛遥。全似散花天女下，如蓮顔趁百靈朝。法源寺四月初八日，群女入寺禮佛者，珠翠相傾，不下數十百人。

楚南集

夏邑　李樹穀

楚南集一

乾隆四十六年又五月之十三日，余出都赴楚南。自山左便道家門，由亳而汝，至於漢上。弃輿馬登舟，沿小河循荆州之沙市，歷澧、沅諸境，以中秋后一日抵長沙，凡四閲月。途間佇興，屬以篇章，爲日已久，楮墨遂多，因而録之。俟暇時開篋一檢，思維所經，雖長言不足，可作記里鼓也。以赴楚南故，係之爲《楚南集一》。

出都

分符試爲吏，我車朝戒途。經歲留春明，行行乃出都。國恩浩無極，臣心廑自輸。民社重且巨，素學良非徒。世情固多岐，君子懷本圖。何以答天貺？欣悚時與俱。回首望雙闕，欲去中踟躕。沅湘盛芳草，采采常所需。願言誓終始，此衷不可渝。

文文山先生吊古處 新城

家亡國破復何依？吊古當年事已違。遺恨一灣白河水，至今猶見怒濤飛。

魯連臺

已過魯連村，復登魯連臺。臺空絶履迹，日落清風來。

東青用東坡『馬上别子由』韵送余楚南之行，即用韵奉酬

楚水波深楚山兀，馬鳴向道將遠發。門内立語相丁寧，門外西風景落寞。受禄須及奉歡時，庭闈已痛蒿萊没。矧弟經歲去兄旁，缺多圓少如夕月。歸來浹旬又復離，欲行難行我情惻。丈夫報國雖不忘，流光其奈易飄忽。願兄且住加飯餐，莫爲别緒極蕭瑟。弟往得州思對床，迎兄兼教弟盡職。

和韵酬王蘭田送别

觸緒不能收，秋風此宦游。離思洞庭水，驛路武昌樓。却憶京華夢，同消旅客愁。年來行樂處，

眇眇付東流。

商王墓 湯陵也在亳州

古王陵寢地，當日舊興京。衆草夕烟合，長松秋氣清。至今懷一德，想見與阿衡。驅馬獨經過，遥遥空復情。

汝寧早發

亂霞初日古城邊，寂歷西風望渺然。村隔曙烟圍翠竹，野涵秋水長浮蓮。群山影雜溪雲出，遠樹行隨驛路旋。多少悠悠行道者，此間佳景好誰傳。

確山道中

輿内集蒼翠，四圍皆碧山。顧之如婢僮，夾侍輿外環。何處珮聲至，澗水流潺潺。不知在行役，疑此清夢間。對久爲深省，悠然心自閑。

即事

如畫水田早稻黄，繞城修竹翠陰凉。行來過午忘飢渴，一路看山到信陽。

山行

四合高山望不通，羊腸磴道翠盤空。籃輿遠出飛雲上，鳴鳥時聞深澗中。壁底烟生藏野屋，林梢馬過引天風。行行矯首重霄外，無數遥青入杳濛。

武勝關

道險凌空虚，穿雲峙飛閣。迴磴履青蒼，一綫陰崖落。絶地懸壁垂，欹天危石削。中州坦以平，踞奇此束約。余生澹宕人，曠懷在簡略。久安原野夷，未習山行惡。上躡心常悚，下臨目屢愕。古來兢慎間，益信聖賢作。有時雜花開，拂輿發香萼。幽峭呈芳馨，夙好得微樂。路轉冀惟康，倏然遂所托。

廣水村

朝度武勝關，暮及廣水村。山路暫坦易，泉水猶崩奔。緣山自流轉，百折赴平原。心恬乃困怠，地曠忘語言。蕭蕭馬鳴聲，翳翳林景昏。回念經峻險，隨行無所存。却瞻向來路，渺杳雲陰屯。

漢江

空江浩蕩兼天浮，無日無夜常不休。中間布帆如葉稠，風高浪惡增人愁。我聞瀛海大九州，此江相視纔一漚。澒洞已驚觀者眸，當年遺事鸚鵡州。今世猶存黄鶴樓，奸雄神仙兩悠悠。功名富貴微烟收，祇餘詞賦誰與優。罔益實用窮雕鎪，我來縱目波始秋。耳邊落木聲颼颼，煩襟披豁何曾留。遡然放歌江上頭，幾時江水西北流？

江上別彭漁六

六載離思萬里同，適逢江上颯秋風。當年共剪西窗燭，回首鄉關似夢中。

驪歌又起共依依，把酒臨岐夕照微。無數武昌城下柳，銷魂一夜葉皆飛。

舟行五首

到處蒼崖白水環，水隨崖轉幾回灣。小河三日舟中住，看盡楚江北岸山。

水光如綫船如雁，漁舍依微遠樹多。一棹風波湖裏過，掌平正喜是無波。

才過漢陽是沔陽，水田八月尚澆秧。小鬟龍骨車頭坐，兩兩秧歌入耳長。

岸上人家婦子寧，舟中旅客自怡情。朝行好近書堂畔，一聽童蒙誦讀聲。

江鄉景物那知秋，白露經餘熱尚留。兩岸修篁陰不斷，竹鷄聲裏下荆州。

漢陽舟中放歌

北人善乘馬，南人善乘船。好我南游到江漢，乘船如馬加長鞭。昔日郎官觴謫仙，湖得佳名至今傳。謫仙復仙郎官去，今日船過空雲烟。我今視昔何有緣，後來視今當亦然。湖水日流不能已，作歌留寄千百年。

荊州

此子亦豚犬，吾哀孫仲謀。失心從國賊，狡計襲荊州。弱蜀終成漢，全吴已事仇。阿蒙蒙大體，誰謂解春秋？

章華臺沙市

楚王當日起高臺，與落諸侯上國來。豈意於今荒草合，空餘故事令人哀。臺間夜月常如昔，臺下江流去不回。每感祈招傳古誦，爲經此地重徘徊。

沙市渡江

滔滔大江流，浩浩天風秋。風聲挾江水，上泊空碧浮。此時挂片席，中江横輕舟。章華楚故館，遺迹無所留。因之懷往古，不异沙間鷗。惟有晚香發，綿延芳杜洲。停棹一采擷，心適復何求。

舟中雜題二首

青草湖邊去，天高午景晴。風恬波亦息，不聽鷓鴣鳴。

潮至沙痕收，潮回石根獻。遥遥粥鼓聲，何處山僧飯。

韓公渡

烟濤漲空空碧昏，韓公渡口人聲喧。回禄肆威屋宇燔，男驚女啼交竄奔。舟子停楫爲余言，理惟有還物有根，居者無良天道存。權衡出入由輊軒，三載兩載灾必繁。我聞此語心屢捫，彼誠貽戒相牽援。詎思天道幽且尊，細民何足關怨恩。昭示之罰不憚煩，厥衷淑慝如籬藩。殃祥自招啓户門，各以類至來無痕。火光烈烈猶騰翻，水波皆赤光吐吞。觸目憫然誰與論，挂帆急去雲中村。

舟中對月

江月入江水，回光被我身。遠懷芳草夕，曾照古時人。今此秋風下，皎然色更新。静看聊自喜，終夜得相親。

登三漢磯

挂席乘長風，溯江飛一艘。石磯繫我纜，竟夕風聲號。登躡縱遠目，駭浪連磯高。伏蛟與潛鼉，震慄不能豪。蜂房隔岸聚，民居埋野蒿。地狹求食艱，何以安而曹？黽勉往從事，竭情隨所遭。

楚南集二

夏邑　李樹穀

乾隆辛丑八月十六日，余至長沙。自後每遇放衙，輒與友人相酬和，即景攄懷。雖風塵中猶有以自見。情性所至，蓋不知其然而然者。積時於壬寅七月二日，受檄赴龍山，計得若干首，録之爲《楚南集二》。

賈太傅祠

一片秋光裏，巍然廟貌新。我來千載下，仰見故鄉人。政事疏常在，先生學已伸。無言重極目，遠翠照嶙峋。

觀方介亭家藏正學先生書稿

余於忠義所遺物，珍貴勝得宗與彝。忽然涕下弗能止，宛如親見平生時。正學先生昔義烈，讀史大半心然疑。麻衣痛哭子臣職，初非意氣行其私。當年致書燕世子，亦欲全誠相感移。史氏誣以間離計，罔顧正理何無詞。晨朝閑暇過我友，案上有匣光參差。問知藏久先生迹，開匣燭照星日垂。由來殘稿再改易，狎書想像神人姿。不鍾不王不蘇米，自成妙法安用師。圓逸置針在綿裏，絶少枯勁誇雄奇。中以無源戒學者，雍容言旨和風吹。始信忠義必恬養，原非激昂力横馳。魯公競傳坐位帖，石刻獲觀情已怡。矧兹手澤幾百載，完璧更靡纖毫虧。後題數行跋細字，金翰林聲筆蛟蚓披。云項氏出自破楮，精靈呵護勞伺窺。大節後先足輝映，真似賢聖生徒隨。捧視良久恍相接，墨芬内洽情性痴。嘗閲明紀嗟太甚，十族窮殺傷天慈。效死從君復奚恤，志既克遂綱維持。刀鋸肆酷致良苦，豈謂當者甘若飴。使乏仁宣培國脉，不二三葉早傾危。金川門外景蕭瑟，故宫麥秀烟離離。死生興廢各一夢，只餘殘稿人哀思。再拜入匣起長望，浮空積翠雲間之。

九日雨 時寓居僧舍

九日蕭寥晝漏催，凄然不斷廣庭隈。無端共阻登高興，是日同人約游岳麓。有分惟餘濁酒杯。遠翠浮空隨雨没，妙香終日襲人來。去年長憶追歡處，冷落都門作賦才。客歲重九京邸，與蘇惠坡、武虚谷、何小山倡和，得十餘章。

移居用田山姜先生韵寄方種園

邇年踪迹惟一車，燕雲朔雪行爲家。天風忽然吹我去，挂席南楚鄰野廛。偶假僧寮迫近市，重之擊鼓連官衙。移居但欲樂閑曠，無妨石徑紆且斜。案開太傅傳中策，院植左徒經裏花。芳草幽蘭玩不極，興來放筆狂塗鴉。對宇種園好兄弟，倡和予搊還子撾。借問靈瑟奏湘水，何如叢霄追古媧。

夜過袁念圃聽彈琴

夜深息群動，星斗何闌干。此時過同好，張琴爲我彈。一彈烟雲集，再彈風露寒。郁郁廣庭内，香氣迴秋蘭。希音澹以和，心浹不能殫。邈若追古昔，賢聖相游盤。彈罷自忘去，徘徊更欲殘。

微聞木葉聲，階上如琅玕。

余移居用田山姜先生韵寄方種園，種園再三叠和，種園女采芝亦和一章，因復用原韵酬之

我行湖海收釣車，學打僧包即成家。左馴白鶴右蒼麑，澹宕閑觀蜂報衙。誰知無定隨風斜，飄泊南國如飛花。感君憐我繞樹鴉，爲我一再朱絲撾，重以清歌勞宓媧。

即事再用前韵

余有下澤之車，環堵之家，適然分符委而去，長别空谷猿與麑。一官承乏何曾乏，朝夕惟排烟柳衙。入室風餘善，照人山影斜。既不能彈箏，小妾顔如花，又不能侍酒，雙鬟鬟堆鴉。往往夜深吁老僕，抄書屢聽更鼓撾。復時自笑同大令，誤寫無匹爲匏媧。十三行寫瓜爲媧。

偶成

城外山色濃，屋中人意適。卷簾相對間，憎憎忘昕夕。

九月二十九日，方介亭招飲，被酒，漏下二鼓矣，重過袁念圃，聽彈琴。是日念圃游岳麓，余亦欲爲此游，未果，即事賦七律一章

華筵酒罷已深更，復訪幽居洽古情。落葉踈寒人獨往，炷燈虚宇夜無聲。爲將竟日林山樂，寫入清琴一再行。我亦悠然如共躡，隔城遥望碧烟横。

題趙魯菴《觀雪圖》用其原韵

碧湘寒雪滿樓閣，佳景最宜一盤礴。千峰萬峰如畫中，渺然可以極寥廓。幾年想望不能至，載我安得南飛鶴。誰知騷雅去已遠，到此山川皆冷落。空懷左徒作賦時，寂寂難使胸襟拓。朝來乘興訪草堂，堂爲庫使官舍，長沙屋皆瓦，堂獨以草。堂緝以草雲爲箔。示我圖册題長句，連編寶玉綴珠珞。且披且讀喜欲狂，鬱情荒穢盡刈穫。散官勝致超世塵，回視古人欸猶昨。平生愛雪甚於花，願與君重洗杯杓。我亦高咏君相同，好待簾外北風作。

偕方種園游岳麓途間二絶句

居久城市中，渡江神已王。遥遥山翠濃，亂出白雲上。

我友能同好，行來水氣涵。水窮得幽徑，從此入烟嵐。

岳麓書院作 時熊鶴橋先生主教

天下書院大者四，此與白鹿尤聲名。良由考亭主講讀，遂使後起心每傾。矧書院地亦最勝，蒼崖四合烟雲平。朝暮嵐光照几席，潤含卷軼空翠盈。考亭一去幾百載，遺教在念中回縈。我來訪古無所見，蕭蕭落葉天氣清。鶴橋先生今碩德，學以考亭爲歸程。舍館復當考亭舊，振揚遺教窮奥精。聖賢家法薄文墨，匪徒立言貴能行。國家養士厚廩食，兼之山水陶性情。授道得師處佳境，勉哉珍重惟諸生。

道鄉臺

當時窮逐客，此日重高臺。望古不能見，清風山下來。在公殊自慰，而我尚餘哀。西夕忘歸去，留連石壁隈。

登岳麓

一徑盤青蒼，登躡雲靄内。雲生襟帶間，晴空忽微晦。落葉天風吹，其音若鳴珮。回視所來踪，渺渺泠烟碎。磴危心益嚴，景幽悦難退。却向雲中峰，悠然憺與對。

造岳麓絶頂眺望

層巔極目復如何，縈帶江流岩下過。千里高浮衡岳氣，一漚遠照洞庭波。居人屋宇蜂房小，賈客船帆木葉多。到此胸襟真得蕩，道林跂伫幾婆娑。

六朝松歌

衡岳北足以麓名，山如波濤低復起。其中有龍鱗爪拿，之而掀擲波濤裏。上者蜿蜒半欲飛，下者夭矯飲泉水。枝垂夜陰雷雨栖，幹浮朝霽烟雲委。平生好松非好奇，冰雪弗嫌勁無比。况有奇姿壯人觀，常爲岳麓傳盛美。六朝舊物信有之，不然何能古若此。鬼神呵護猶難知，樹木愛惜豈容己。用成棟梁良足稱，終留岩壑亦非否。祝融淑氣潛迴盤，根踞深凝維地紀。遥瞻鬱蒼倒影來，照入澄江幾千里。

白鶴泉

石上清泉流，昔時常飲鶴。吸之浹予心，獨向秋風酌。

下至半山即景

絶頂歸來愜素心，行行何處不幽尋。丹黄滿地無人掃，曳履琅然落葉深。

夜歸大風渡江

晚歸江介間，天陰氣昏黑。浩浩西風高，江波與天極。此時放一舟，中流數欹仄。我心憶佳游，僕夫寂已默。遠火沉波光，寒黿各逃匿。抵岸餘閑情，翛然意自得。

聽張山人彈琴二首

天風縹緲過遥岑，吹下仙人鸞鶴音。聽罷邈如遺世去，滿庭雲水一時深。

黰然而黑頎而長，若有人兮烟杳茫。以雅以南進邃古，感君爲我彈文王。

有贈方種園花青者，分惠與余，作二十八字謝之

渲青告乏鬱盤胸，分惠得君感萬重。自此東川圖畫裏，楚南山色倍添濃。

同張竹泉雪樵重游岳麓

逢山心與浹，得暇即相求。況有高情者，欣然此共游。南來多近暖，朔氣尚如秋。却視前時景，烟澄覺更幽。

偕方種園、介亭昆季及陳仰山、焦西岑、張竹泉、張雪樵游鐵佛寺觀浮圖鐵柱所刻經，種園和壁間寄塵上人韵見示，亦用原韵奉酬

莫笑而今入世身，依然澹宕古歡人。棕鞋能與闲中客，種園有『棕鞋追步宦游人』之句。鐵柱來尋物外珍。凡百切幾惟所事，大千起滅果何塵。須知此後吾同好，勉力當前勝夙因。

於張竹泉案上閱陳蘭莊舊作，再訪不遇，蘭莊見寄，和韵答之

一見瑶華後，時時念素心。日尋幽徑去，聽此竹間琴。不奈閑門掩，空餘夕照陰。何當來惠好，爲我發高吟。

余與方種園寓對宇，不能常相從也，作此寄之

一興城市中，日暮未遑息。念君寂寞濱，將勿爲余憶。生人皆有所，即此亦循職。獨嘆相置殊，自顧心惻惻。君坐默焚香，冰紙融石墨。翛然古神仙，樂事静無極。室邇歸路紆，能望不能即。

江上望岳麓諸山

臨江送客江波澄，曉日射江雲氣蒸。隔江渺渺望岳麓，雲中紫翠千百層。櫓聲伊軋亦何遽，客去主人不能去。俄頃遷變光景佳，心亂目眩那知處。或如南宫烟霧霏，或如北苑紛翠微。山水大幅一圖畫，長沙城西天下稀。天下名勝此豈足，但有林巒總無俗。愿得旬時休沐期，朝朝往看寒江曲。

題陳蘭莊聽松小照

寥空縹渺音何希，似聞不聞如可幾。惟松三五天風微，我昔心愛相因依。松間終日忘所歸，南來羈迹此情違。每縈宵夢疑是非，啓圖恍然接烟霏。平時坐聽同者稀，倚松今子能息機，安得常與來頎頎。

陳蘭莊叠見寄韵，索余畫，因圖小景，再和原韵係之

豈是能圖畫，蕭踈任我心。偶然爲水墨，若撫一弦琴。接讀初衙放，歸來過午陰。寥寥將數筆，以此報清吟。

余聞梅開，不得，往越三日，始告方種園，恐其知即先余也，種園作七古一章見寄，因和原韵奉酬

平生朝夕爲花豪，遇花開處飲濁醪。矧乃踈梅極品格，有如高士求其曹。聞梅消息不遽説，惟君與我愛梅絶。此中深情君勿嗔，旦即邀君玩香雪。

方種園約余訪梅復用前韻

我非故爲清興豪，暗香醉我如醇醪。聞信即行僕夫笑，豈知得君真我曹。到來休暢不須說，花幽何似我幽絶。以此問花花無言，北風滿林天欲雪。

陳蘭莊亦和方種園見寄韻，訪梅之行不及約也，再用前韻寄之

種園高咏君亦豪，二君异我厭芳醪。種園、蘭莊皆不飲酒。至愛梅如愛竹實，青鸞紫鳳無分曹。乘興未遑與君說，所愧偏領疎香絶。共憶瑶華行誦之，爲我一奏郢中雪。

袁念圃聞太夫人訃，賦此相吊，即以送之

蕭颯常愁風樹林，無朝無暮自悲吟。况逢游子天涯泪，益重春暉寸草心。水咽江流南楚遠，雲寒夕影北堂深。君行陟岵還宜念，見日何堪毁不任。

出行城外作

出城皆碧山，肩輿隨所向。石徑幽且長，虚翠迷遥望。屋居竹烟中，人躡雲根上。時有野梅花，

花氣澹相餉。行行得平遠，我心以一曠。南來物候殊，冬節猶和暢。樵響聞空林，流泉落別嶂。對之塵慮忘，邈然遂微尚。

題黄蕙園吟稿

團香刻玉滿烏絲，製就千秋幼婦詞。借問風流得誰似，古來惟有杜分司。

方介亭委催漕運回船臨行賦贈

飛艘十萬蔽江回，挽纜頻煩使節催。金帶綰符當雨雪，綉衣傳箭役風雷。洞庭湖遠春波長，黄鶴樓高夕照開。到此知君抒雅興，同推作賦大夫才。

送黄蕙園

客裏一相見，歡如逢故知。匆匆又將別，何以慰離思。春滿洞庭水，花開江漢涯。待君回棹日，細讀外孫辭。

除日作

薄宦尚無處，除日羈旅情。去家千里餘，遥遥思所生。松楸亦隔阻，夙寐中洄縈。天際白雲飛，望之涕泪傾。值此歲行盡，何以慰私誠。矧復罹凶歉，婦子難爲營。低徊不自已，百緒紛縱横。重陰易爲昏，暝上烟靄平。命酒獨斟酌，屋外寒雨聲。

正月五日蘭開寄方種園壬寅

平生性愛花，更愛崇蘭幽。遇之自忻挹，終夕不能休。沅湘産蘭地，買植庭院陬。入春始五日，花早臨風抽。遠香澹相眖，滿室來悠悠。有如素心人，空谷同盤游。思君好我極，與蘭真匹儔。寄言會此過，花間共夷由。

香橼和趙魯庵二首

幽氛絶不染塵埃，顆顆黄金結异胎。滿斗將持春色賞，柑酒名洞庭春色。登盤肯與木奴猜。廣庭人静茶方熟，踈幌烟澄夢始回。此際朱欒亦堪摘，幾番同看小窗隈。

平居最愛芳馨厚，每到秋深日與俱。千里相逢南楚遠，一時如對草堂隅。傍臨橘柚情何極，回憶鄉關路更紆。氣味重尋曾不減，客中爲爾慰斯須。

和韵答陳蘭莊

人生重置身，職定何容遷。如起凌虚厦，庀材當采椽。分符至南楚，夙好違林泉。既受民社任，任巨恐難肩。爲此心踟躕，徐行修竹邊。却見西峰秀，蒼蒼浮遠天。佳氣深黛眉，對我何連娟。相看更相好，因之揮五弦。幽人善風雅，瑶華一再傳。詞賦固云美，隨分須有先。願言示治法，教以周官篇。

天然鐘歌

春日雨中諸同人小集，欲知天早暮不可得，方種園因言天然自鳴鐘，如其法試之不爽，爲賦此歌。

頗黎碗碧鬆几支，圜錢一規牽一絲。絲長比肘肘平直，當拇食指僵立持。初微旋轉漸摇曳，中極縱送撞碗陲。因時著聲出神奥，聲與時數何參差。數既相符復旋轉，歸寂如初懸不移。日十二時入手定，自鳴天然鐘更奇。粤昔陶姚慎七政，分命常勞和與羲。後來土圭屢變易，銅壺漏滴皆稱宜。邇年倭國富儇巧，鐘表百端窮幻思。鬼工妖匠競相尚，遠求萬億傾高資。秘藏機緘久則舛，三月五月煩修治。豈若此鐘各身具，閱歲無舛亦無虧。真宰内運超聽睹，精契外宣觸指麾。既絶機心終保固，豈需厚資行處隨。種園居士我好友，客邸同聚情歡怡。是日雨昏濕雲積，欲覘晷時難得知。種園游戲試此法，鏗然化理從伺窺。扶輿槖籥至渺漠，操以旦夕成專司。我聞人身小天地，貌言默徵寒燠期。健順屈伸德果協，遂開位育鴻濛基。即緣餘事測氣候，亦足偵信消群疑。璇璣玉衡考制度，猶争議論多費詞。金裝寶飾隔洋外，家弗豪貴空嗟咨。今用此法占刻度，白屋有人皆可施。平秩四序非所職，宵晝剖辨居當爲。翻書始罷暝烟晦，寒更已盡晨色遲。失時那容重繫念，今喜獲遇天然師。

早春雨後，趙魯庵招游桃花園，用東坡上巳載酒出游韻，同方種園、陳蘭莊、潘鸞坡賦

東風吹春春作雨，不獲出游遍林塢。傳説桃花滿蹊開，夢想難到中自侮。邸館晨朝初放晴，一帙閑翻日亭午。正愁無伴乘興同，將獨與花共爾汝。忽見折簡來招邀，對之色飛還起舞。魯庵司馬騷雅雄，心適那嫌冷官苦。上言携具白沙泉，淪茗暫假雲烟主。下言散步桃花園，嬌紅亂映山色嫵。三五豪翰詞源傾，要爲岩壑洗塵土。命輿遽行誰略停，登躡恍似入仙圃。千樹霞蒸修竹

間，疑近洞口迷處所。或盛繁香如佳婦，或澹燕支若少女。高者上攀斜倚肩，下者低覷就須俯。嫣然含笑静娟娟，只少胡麻雜雲煮。離立四圍俱有情，何憾默默無言語。顧視僕從亦甚歡，各露欣暢在眉宇。故鄉常憶桃花時，上巳叢祠奏簫鼓。於今早春先已觀，矧乃知心得幾許。良朋有數會相遭，勝事任天幸勿阻。好徵此境成畫圖，古而可作亮皆予。

偕種園游桃花園，采芝聞之，賦七古一章和韵

平日家居春愛花，常愁二月無萌芽。只今早春得春信，相招來看輿僕嘩。弃輿登躡不辭遠，山路盤陀幽復斜。踈竹如織亂紅映，千樹萬樹桃競華。武陵之源詎勝此，恨不得向泉明誇。我僕狂攀揀輿後，歸途四照蒸流霞。入門接讀謝庭句，遥知種園歡更賒。

往龍陽

楚南二月促行裝，是處春風不斷香。西出長沙三百里，山花一路到龍陽。

二月二十二日，宿龍陽南村田舍，夢至家，見先君先慈，色甚怡，時余失怙二十一年，失恃亦五年矣，感賦絶句

庭闈夢入喜顔生，睡覺依然在遠行。爲憶全家齊上冢，故鄉今日正清明。

大雨行山中即事作

肩輿山上行，飛雨落山下。雨氣空濛間，不辨林與野。虚翠兼雨流，沾衣色猶冶。激雷走輿旁，奔雲駛於馬。泉聲夾路喧，田水百重瀉。此時輿中人，爲念耦耕者。水足秧易生，浩然心自寫。

寧鄉早發

凌晨歸去早，細雨濕濛濛。驛路雲根上，山城嵐氣中。花穠多倚竹，草弱不禁風。遠寺林烟隔，鐘聲落半空。

渡江

冒雨歸來十日程，臨江放眼豁幽情。浮空漲起山爲岸，激石濤飛水到城。片片風帆如葉下，重重

雪浪與雲平。爲乘一葦中流過，好蕩胸襟鼓棹行。

張小士東方種園招余賞牡丹，余適他出，歸見種園作，因和其韵

聞説招邀滿上賓，牡丹闌畔静無塵。花經此格難爲艷，咏到諸公具有神。所感偏當行遠道，不能相與坐長茵。雖從驛館曾看過，至龍潭橋館中牡丹正放。終負一年穀雨春。

關壯繆刀歌

長沙北門祠廟刀，云是壯繆之故物。精鐵上燭光怪飛，星宿下垂龍螭屈。相傳此刀初現時，江岸晝冥風雨疾。枉矢黄蛇何足言，天地震動寶將出。塵滓自遠如新硎，全無斑駁古色溢。千年劫灰幾變更，豈有頑金存朽質。鬼神呵護猶妄稱，丹赤不磨常仡仡。所恨血未飲權操，至今怒氣内騰鬱。春秋義正鋒間留，非比凡刃誇披劁。有時聲吼雷電驚，魍魎妖魅各逃逸。遥想奮髯陣雲開，横麾馬上迴飈欻。當塗典午烟霧消，此刀百世照烈日。大忠鎔鑄肝膽凝，岳麓山高共奇崛。我來觀拜一撫摩，恍然靈爽見仿佛。

春燈曲

美人處遥夜，簾外花落時。一炷燈熒熒，渺然千里思。起對關山月，此情誰與知。

送別方種園、黄蕙園

執手不能語，踟蹰可奈何？爲難相聚久，翻怨得交多。雨氣愁青嶂，江聲咽白波。楊花堤上滿，一一故飛過。

江水大至，出行北郭，望三汊磯作

對江望高磯，聲震江濤喧。浮天雪浪駭，磯危如欲翻。去年繫舟石，驚心虎夜蹲。今日没江中，深伏無一存。但餘千里碧，浩浩流奔渾。平生念江景，遺籍多緒論。於此殫壯觀，誰與窺其源？移時復蒸上，磯隱烟霧昏。

荷花池在益陽縣治，方種園隨令弟介亭游焉，因來索題，賦此寄之

渺渺荷花池，去當光景新。寂寂對門處，種園寓長沙與余對宇。瞻望勞賓頻。何必天一涯，百里難相

親。賢昆將勝友，池上坐生春。自憐乏羽翼，安得涉其濱？回思半年過，追從情誼伸。昔如形與影，今爲參與辰。顔色不可見，念切徒酸辛。雖寄數行書，書豈能盡陳？開書視筆迹，弗及魂夢真。日夕歸寓舍，獨行檐屢巡。此時憶池上，人静境無塵。空餘檐際月，遠照池上人。

送陳蘭莊往衡州

折柳笛中聲，離亭無限情。如何惟我在，復此送君行。衡岳幾時到？禹碑手拓成。歸來分一紙，可以慰平生。

夏日過趙魯庵司馬署，瀹茗清談即事

古人初進密雲龍，花比姚黄説貢封。今日閑官資雅話，却能潑乳上從容。湘江水漫來聲遠，岳麓山高照翠濃。相對炎天分一碗，好風徐至豁心胸。

方介亭贈簟

故人寄我竹簟來，卷成錦匹光靡靡。披之大小各不一，色如琉璃文如綺。大者置床風含漪，中者置案照書紙。小者坐榻列兩旁，又小者枕枕秋水。昔時昌黎好鄭群，僅當半席極驚喜。若見滿堂騰采輝，不知何以相誇侈？南方暑氣非尋常，入夏心先百愁起。得此可免蒸與炊，四顧躊躇樂難似。青玉明珠誰復珍，飛蠅蚤虱那足齒。坐令虛館矜豪奢，乃信交真愛無已。或坐開帙卧看山，炎曦盡忘日今始。每到歸來適情興，拜嘉常憶古君子。

喜晤方種園

一去經三月，落花思共繁。欻來重解纜，會面竟無言。相與窺顔色，猶疑入夢魂。徐將離別事，仔細付清尊。

聽楚僧彈琴

楚僧三昧心，禪入素琴浹。爲余以一彈，意忘共幽愜。隔江岳麓峰，蒼蒼照眉睫。不盡空中音，泠然遠與接。

將之龍山與竹泉、雪樵別

十月追隨若弟兄，一官從此各分行。時竹泉赴安仁、雪樵赴江華。由來報國難爲慰，豈有臨民可任情。雲裏千盤衡岳翠，城邊百折楚江清。他時欲訂重相見，好指山川早結盟。

楚南集三

夏邑　李樹穀

乾隆壬寅七月四日，余奉檄赴龍山。由寧鄉、益陽、龍陽、武陵、慈利、永定諸城涉其境者。桃源、石門、永順，凡三郡九邑之塗。八月二日始抵龍山。越武陵而西北，日險一日。有昔人文筆所未經言，蓋以其地本苗疆，而前古名流皆不至，遂使蜀道之難獨傳天壤也。每遇崟崎即景，輒爲叙述。尚有弗殫，而篇章已連累矣！暇餘手録一通，以爲《楚南集三》。

赴龍山

龍山昔苗疆，今被王化深。獉狉風變初，文飾難爲尋。用法如啜醨，既酌還須斟。催科與撫字，以之塵我心。此人皆子民，懷保情惟欽。原不區遐邇，亦豈殊昔今。但懼學疎淺，弗勝繁劇任。去去就長道，望望蒼山岑。草木俱發華，鳥獸交鳴吟。諸物求其所，吾民胥有忱。勉哉報國志，當念弦歌音。

益陽和韵方種園送别

自笑生平此性孤，遇君相與更無殊。將酬握手孔叢子，願作牽船何易于。似水難當思不已，爲雲那得迹常俱。石尤風比今朝酒，醉倒臨岐一百壺。

龍陽道中七夕 宿龍潭橋

故鄉千百里，相隔又經年。遥憶視天上，深更思渺然。
孤館山四圍，夜深境寂絶。旅愁今夕多，復此故人别。

登龍陽館中閣有懷方種園

前日荷亭一杯酒，今日高閣空回首。豪翰美人如夢中，月兒妙曲亦何有？閣中滿目皆遠山，緑烟不動白雲閑。思君南望杳無際，惟見雲烟相往還。

龍陽館寄方種園

城上虚亭晚翠微，廨中荷港遠香霏。思君那得如烟鳥，好境常來一處飛。

發武陵

離城纔里許，山色滿輿中。晚稻花猶白，秋林葉始紅。途惟言左右，畝不數南東。木石疑相阻，烟深一徑通。

桃源道中

陸行循水涯，清淺心猶愛。時見一漁舟，杳濛秋色外。

入聖關

行行入聖關，石古路迴復。雖非鳥道盤，已見羊腸曲。山田鳴細泉，人家在深竹。歸雲作微雨，色含竹烟緑。余懷儋無依，悠悠送遠目。

熱水坑歌

温泉也，俗呼曰熱水坑，余七月十九日至其上浴焉，因作歌。

華清當日泉數湯，溺籠禍水皆流香。於今泉在經幾代，行人競往猶彰彰。我出長沙五百里，道逢石甃氣洸洋。泉漚本與華清一，湛然絶底尤覺芳。欲試洗身去宿垢，初覯森悚疑冰凉。挹之被體皮膚炙，旋挹旋深心與忘。洗久不知樂安極，但如肌透窺肝腸。道間野老向我説，此泉天以福此方。生有疴瘍洗即愈，居人晨夕來熙攘。我想華清甚名重，窮民那得近池傍。此泉翁稚隨所向，俱獲浮拍澄波光。民既群歡鮮畏忌，内懷同暢何匪臧。華清平日未曾至，每聞傳語中彷徨。豈若此泉更多益，洗過恨難千百場。我行能洗已天賜，第二湯比誰短長。

冷水井

早離熱水坑，重經冷水井。坑水出山根，井水出山嶺。山下誼常熱，嶺上易爲冷。冷熱相代間，理存乃隨境。酌井徐自嘗，清洌厥心領。惟兹怡澹懷，邈然發深省。

慈利道中值雨

山行陰晦多，遷變烟景覽。遠山見歸雲，英英如絮殘。循途至山中，雲氣襲衣寒。或時没雲内，或時出雲端。或時下虚谷，飛雨何漫漫。回望向來雲，空際猶屈盤。僕夫石徑滑，肩輿良甚難。所慰匏繫身，能極平生觀。

宿慈利

碧山無數望中分，半入踈烟半入雲。秋氣天高隨露下，灘聲夜静隔城聞。行同旅客猶能憩，宰是鄉人故所欣。時劉君錫丹宰是邑。一夕安眠清景遍，更怡月影散紛紛。

龍窠

行行石徑危，緣崖百丈削。上有宿雲凝，下有老蛟穴。灘聲走風霆，飛沫濺冰雪。自古蜀道難，兹高嶮更絶。盤盤照紅泥，百步真九折。下入層壁中，一綫空青裂。登降仗童僕，境移莫預設。惟知謹慎心，攀附無蹉跌。已度情懌然，多歷亦堪悦。

潭口舟行

詰晨至潭口，舍輿上輕舟。兩山夾古鐵，一棹當中流。怪石離立間，衆花香氣幽。白雲被山腹，半遮空翠浮。此時瞻望遥，渺渺凌清秋。兩山忽已開，曲徑出其陬。舍舟復就輿，循途經遠游。

永定望天門山

隔河蒼翠闢天門，貝闕珠宫夕照昏。二十年來題筆處，望中春夢澹留痕。余乙酉秋夢至天門寺，題七律一章，計將廿年。今過此蓋夙緣云。

發永定

路繞河干曲又纖，輿中騁目客情添。地經雲夢行常仄，山近蠶叢勢已尖。石上花開多美艷，林間鳥下不猜嫌。隨緣且樂周行景，博取何傷自奉廉。

茅岡

緣江二十里，危磴瀨濤聲。俯下勢嶷嶷，崖震如欲崩。下磴渡江去，坡陀迴太清。輿夫同駕船，牽維始能行。既上忽開朗，有田怡掌平。人家殆仙侶，鷄犬安無驚。我勞不可息，相對空復情。

寄友人

共説蠶叢嶮，誰知此道難。羊腸臨磵仄，鳥道入空盤。足下雲生晦，身旁彩落寒。知心當遠別，觸緒不能殫。

檳榔孔

鑱空翠壁直，紆路無由迴。遠行適至止，洞天當壁開。高袤近百尺，秋森絶紛埃。下輿散步入，一步三徘徊。矚彼石痕緑，上有千年苔。其中路屢折，折折雲氣排。惜無古賢迹，芳藻抒雄才。始知宇宙間，名勝多可猜。太息得惟此，不負余今來。

檳榔坪

出洞由山溪，溪中石欹側。輿夫行石端，置足愁榛莽。嵯岈無路踪，欲盡安可得？前視蒼壁懸，後望秋烟織。古人上壟坂，九折遂嘆息。今此微臣心，念念還自飭。效忠當有初，情至感何極。

檳榔坡

上坡二十里，下坡二十里。上徑如旋螺，盤盤碧虛起。下徑垂百重，叠叠畫方紙。坡盡來澗幽，竹木森綺靡。虧蔽雲影光，秋氣静衣履。險過行乃夷，懼釋益成喜。嘐然發高咏，遠情憺不已。

永順道中即事

一程風景一圖開，纔過岩隈又水隈。滿戴山花苗女艷，溪中兩兩捕魚來。

汝池河

上山極千溪，下山宿汝池。山路凌巉岩，嶮絶深磵陲。足履二分外，一行一跕危。既下入山河，河石復參差。高石鬥神鬼，低石曳鴟䶂。我家梁苑東，平蕪何逶迤。分符授宰職，欲報縈情私。國恩厚如此，去去將安辭。

連嶂坡

朝上連嶂坡，暮下連嶂坡。上下三十里，坡高復盤陀。左臨千尺澗，右臨千尺澗。中間一徑微，左右誰敢盼。我行千里途，日行險日逾。得躡一坡過，僕夫良甚痡。欲爲竟此曲，此曲音何促。寄語鄉中人，安居事已足。

茨岩雨中望諸山

雲起半山與山雜，雨飛山下與雲合。山即雲即雨間之，參以長風更紛沓。此時小憩茨岩村，古寺蕭森氣颯颯。凭窗回首衆山尖，風雨竹木響相答。青蒼高下千百重，皆是前日行迹匝。來茲幸喜地漸平，山田得雨稻倍納。嶮阻已逾雨亦好，益增山景出美始。不然飛崖徑泥滑，欲行難行費攀踏。我生常感天幸多，履危適同緑蕪跋。雨聲既止山色深，佛頭新沭倚閶闔。秋空澹遠無所餘，惟有歸雲滿一榻。

三十六灣

有山高入雲，有河深極泉。河水西北流，山磴依河邊。計灣三十六，灣灣與天連。莫言叱馭行，步躡須人牽。日不見飛鳥，飛難至其巔。古昔稱鳥道，鳥上誰復傳？轉處落懸瀑，雪噴聲震填。水春散香屑，居民生理全。傍泉居人皆安水碓，磨香屑爲生理。平生性坦易，來此相周旋。喜得守身法，經多心愈虔。却視山下河，浩浩迴蒼烟。

楊雀坡

灣盡三十六，有坡憚楊雀。千丈開青蒼，鉤連石棧惡。磴狹纔容人，傾欹石嵬崿。空缺相接難，架木懸以索。上有崖欲崩，下有泉深落。措足何兢兢，惟恐分刌錯。人生日如此，賢聖可能作。躡險心常斂，觀危理有托。持身雲靄間，吾用飭吾恪。

即事

石路崟崎好壯游，蕭森滿目正高秋。山鄰蜀道遂層出，水至苗疆多倒流。共信從來成僻地，敢言此後有嘉猷。經行所喜民風樸，客總朋奸未足憂。龍邑多江西、湖北客居者，其長曰客總。

獅頭坡

坡坦獅頭名，赤墳非石上。徑俠仍曲埼，乃有獅蠻狀。行行地將平，心嚴得一放。兹邑山俱墾，禾稻被青嶂。嘉穀極山巔，情欣土無曠。既下坡悠長，高城已在望。

雨

山城即目水雲多，細雨秋田慶若何。更願民風隨雨滌，當教老子得婆娑。

楚南集四

夏邑　李樹穀

乾隆壬寅八月二日抵龍山，凡公事涉歷境中，輒以筆墨述之。癸卯春赴長沙，以二月三日至。載途亦時有作，僕僕一官，不忘所好，可以一笑。而他日閲之，猶恍然身在某山、某水間。坡公云：『事如春夢了無痕。』則未始非一痕也。録以爲《楚南集四》。

李廣文聖濟以秋夜作見示，爲此奉酬

立教治之源，才出學校中。所以廣文職，重於百臣工。如彼江海流，源正波乃東。青青苜蓿盤，澹澹廉者衷。古人鄙俗吏，名陋何爲功。今余被國恩，猶思策匪躬。官無小與大，皆可殫微忠。矧君厚責任，非僅守令同。勿因獨冷落，遂初情靡窮。願言勉敷教，再拜臨秋風。

龍潭崖

莫高龍潭崖，莫深龍潭河。危磴侵崖邊，惟雲飛可過。下俯數千尺，河聲震崇阿。此時一籃輿，上與虛翠摩。行行病吏僕，且行且延俄。所怡正秋爽，入目光景多。王事慎勉力，彼路滋盤陀。巉岩自登歷，敢爲勞者歌。

已逾龍潭崖山行作歌

連峰直走何嶷嶷，顧盼皆如龍與螭。其上脊背露确犖，其下鱗爪拿之而。間以雲氣相虧蔽，宛然夭矯空中姿。平日异觀未多遇，今能縱目情已移。世俗從古驚耳食，地得名流始名垂。苗疆地僻少人至，山行有此知者誰？

馬鬃嶺

仄徑横高空，嶺巔嶺復疊。行上依絶壁，山分渺難接。中亘一土梁，草垂如馬鬣。廣纔尺咫間，計里憚登躡。兩旁千百尋，不敢傾目睫。秋風蕭颯聲，吹落嶺頭葉。入耳常兢兢，此心適得攝。

羅伽坡

上坡如上天，下坡如入淵。上磴猶坦迤，下磴長空懸。是日日初出，早行繞層巔。遠聲識雨至，足底聞涓涓。却看岩壑滿，白雲披白綿。一折百千磴，直下同嵦緣。幸彼俯無地，絶險皆雲填。少寬驚惴心，既過方栗然。颯沓及踈雨，始獲行平田。仰不見來路，隔離雲與烟。

伏波祠

猛洞西經三百里，行過仰見竹間祠。當年薏苡何多謗，故事將軍自有思。土户龍邑居民曰土户常知陳野薦，雲臺勝得畫英姿。我來拜下秋風裏，似米山浮遠碧時。

即事

雨後秋澄積翠賖，情閑景曠静無嘩。曉來不住集烟鳥，落下一庭仙桂花。

九日雨中憶諸兄弟

山城又遇菊花天，無菊却聞冷雨懸。回首故園茱插遍，一人常少已三年。余庚子重九留都門，辛丑客長沙。今復值，蓋去家園三年矣。

紅崖溪

碧溪如玉緑，紅崖如赭赬。溪流繞崖下，照耀紛難名。重以秋林葉，一一相映明。對此光景佳，沿循忘遠行。前望鐵爐山，青蒼雲際横。丹翠若遥接，顧之怡我情。

鐵爐坡

山以鐵爐名，亦肖鐵爐狀。磴道如雷回，回盤碧雲上。由根轉崇巔，工巧勞天匠。常使登躡人，未行已惆悵。好余濟勝心，對之氣益壯。徐步履青蒼，襟懷乃得暢。下視磴層層，從者迴相望。

皆在雷回中，折旋背還向。所喜非崄巇，足疲神自王。縱觀來絶頂，寰宇一遼曠。

水車歌

軸長十尺横以木，輪徑三丈編以竹。下浸浩浩之大河，上及茫茫之平陸。輪端每節斜置筒，筒側懸槽納槽中。接槽安溜溜河水，水流遂與平陸通。水急激輪輪自轉，筒下汲河如掣電。輪轉筒汲那暫停，河水上灌畦田遍。古來匠巧稱桔橰，一汲一斗良甚勞。即彼牽車妙龍骨，男推女挽常喧囂。此法先達有圖式，尚須一人費踏力。豈似而今不用人，輪經日夜轉無息。何必過高説忘機，作苦徒多功愈微。得此澆田補天憾，旱時功與天因依。衆山圍圍積翠映，軸聲軋軋筒水迸。我行喜見重低徊，田稔足爲斯民慶。

十月一日爲吾家掃墓期也，雨中志感

吾家歲遇冬之朔，每似清明掃墓行。今日山城風雨下，旅愁空望故鄉生。高堂遠入天涯夢，薄奠常庵子舍情。爲問一官何所有，惟餘涕泪自縱横。

東川酒簿歌

余置酒浸以橘葉，色如碧玉，芳氣襲人。遇早寒輒飲一杯，而僮欲盗飲，每加數以對。因戲仿《消寒圖》，畫梅一枝，密圈花瓣。凡飲一杯則染其一，名之曰『東川酒簿』，爲作此歌。

東川好酒人人知，愛酒勝於瓊玉飴。但得佳釀供豪飲，沽之不惜千金資。南來作吏致須戒，飲中有仙難復爲。所愧能戒不能絶，天寒尚欲傾一巵。惟飲益少益珍惜，我僮乃狡行其私。分簿題數太粗俗，無珠記事中自疑。偶然憶取消寒法，横斜畫出江梅枝。每飲一巵染一瓣，也如九九寒去時。冷蕊踈香愛同酒，簿成正與高情宜。昔年宫禁愁落寞，圖此聊用寄幽思。今日山城更岑寂，此簿真堪相悦怡。早持一巵對花飲，索笑宛逢林下姿，舐毫染就飲亦盡，起看蒼翠遠嶷嶷。

十一月十二日雪

庭皋竟夜響琅玕，早起開門好自看。一色空烟隨目遠，四圍山雪照人寒。凍禽欲去猶相語，群動不聞獨倚闌。此景南行何易得，對來亭午濸忘餐。

陰沉木

龍山未歸化，山皆巨木。歸化後，悉斬伐耕畲矣！而木委於地，歲久入土中。奸民乃劚地求之，名之曰『陰沉木』，競以爲利。購者麇至，受其欺而不之悟也。感而作歌。

龍山之山昔有苗，山木擁腫千層霄，既格而歸皆剪樵。小者肩負薪蘇燒，大者横崖山水漂，漂入壑谷泥土饒。日埋日深千億朝，奸民誣世朋相招，陰沉侈以佳名超。良田錐掘喧且囂，掘出珍重如瓊瑶。謂可身後冥器雕，死骨百世能不銷。彼惟有力情常驕，遂甘其誣來購遥。勿論株朽將半雕，重入泥土春冰消。即使果堅無動摇，未聞功德民或邀。零秋敗葉隨風飄，古人馬革中情昭。特書史册芳勝椒，此木弗用聲嶕嶢。宋桓司馬何雄梟，石椁與此誰壽夭？

吕紹汾表弟至

念母松楸泪，望雲日不乾。得君千里至，爲我犯荒寒。口語傳家信，但言一字難。縻身深自負，半俸此微官。

十二月二日復雪

早夜照窗户，晨起觀雪飛。皓然遍衆峰，四望平空圍。伊余孤澹心，對之欣弗違。庭皋兩桂樹，蒼蒼含宿霏。踈霰一相集，聽久音愈希。但念空山中，人民憂或悱。積凍滿岩谷，居遠將誰依。路阻雲陰深，可免寒與飢。

十二月二十日，接方種園書，即用其見懷原韵

山城歲宴別愁煩，益念長沙寓對門。千里何當對尺素，一行常憶泛清尊。眼前誰共新題字，衣上空餘舊酒痕。回首東南雲萬叠，此間離緒總難論。

龍山迎春歌癸卯

山城好值迎春日，城内千人萬人出。客家土家裝束殊，雜以苗民態非一。僻疆地廣年歲豐，遇時行樂樂難窮。魚龍曼衍各增戲，今歲添設龍燈，故云。故事扛來憐小童。此期俱至訟庭下，訟庭本閑走竹馬。令宰迎春導在前，迭騁技能遍東野。僻疆何克如京都，觀者若狂真可娱。聖朝普洽承平澤，客土苗衆各沾濡。古來每傳粉飾字，而今乃欣見實事。善區省會未爲奇，盛樂直屆牂牁

地。龍山，古鼈水，屬牂牁。四山蒼翠嵷巃高，四郊吹角馳彩旄。春官春鼓歌繞座。歌操土音音沸濤。歌終酒罷將去矣，彼猶興烈歡弗止。金錢聊用作纏頭，加額紅封顧相喜。彼民乘節暢胸臆，我更因彼慶無極。繪成全幅同風圖，景象天開大筆墨。歸路依然前導行，路旁士女岩谷盈。或立堵墻或林擦，惟聞笑語喧填聲。伊余游目肩輿上，却視江梅萼初放。命折一枝手自持，叨得春還早蒙貺。

早春出行紀所見四首

山中景物亦宜人，有事經行樂意真。一路秋千竹爲索，土家兒女戲新春。

蒼崖上下一層層，破曉烟光氣自蒸。忽見烟中夭矯下，山民也解鬧龍燈。

到處飛香放野梅，盤陀石徑濕雲迴。鬼堂金鼓歌聲濫，說是苗溝擺手來。苗户所居土人曰『苗溝』，其祀神之處曰『鬼堂』。每新春置金鼓其中，男女旋轉而歌，曰『擺手』。

抬歌共羨都門盛，莫道山城學步差。仿佛天橋橋畔看，一場春夢憶京華。

正月十九日，赴長沙，晚宿茨岩里名，居民以燈節所演里歌進，爲作歌

東出邑城四十里，我始行勞彼民喜。信宿歡騰燈節同，銀燭光照歌聲起。大兒男飾歌采茶，小兒女妝堆鬢鴉。盛時化周各愛上，輸情遠遍天之涯。

緣長坡

前時值水涸，我來行河中。今日河水漫，緣坡上平空。始晴正泥滑，輿內心驚忡。岩際好花萼，早春拂和風。接目不能視，嶮途無與同。躦山雖有言，日慎殫厥功。

雷刹坡

早上雷刹坡，矯首觀朝暾。亭午躡層巔，天日如可捫。俯視衆峰矗，蒼翠烟中屯。高下亂奔湊，仿佛江濤翻。昔人狀崇峻，游屐心不煩。誰知往來道，同升嵩華論。所涉越前古，行難槳猶存。

舟行絶句七首

弃得肩輿上板船，行灘河最大者曰板船。灘河旋轉與山緣。回頭望見青蒼處，知是天門寺外烟。天門山

絶頂有寺。

惡説灘名鬼見愁，傾欹亂石滿中流。舟師捩柁相呼急，竹箭離弦下一舟。

低嶂青青眉黛彎，高峰聳翠結烟鬟。高鬟迎過低眉送，常好多情兩岸山。

江上人家笑語嘩，灘河已盡泊江涯。板船難渡江波闊，一葉風帆易倒划。船名。

重山漸遠到湖隈，是處平沙入望來。信道離騷全寄托，澧中誰見有蘭開。

遠山微露一痕青，蘭澤湖東接洞庭。春水浮天天在水，碧烟無際晝冥冥。

龍山瀕蜀秋無雁，今到湘江見幾群。我有家書能寄否？春閨日日望南雲。

楚南集五

夏邑　李樹穀

乾隆癸卯，自龍山以二月三日抵長沙，住經年。每即景懷人，不能已於作。間以公事赴旁郡，所至登臨憑吊，亦時有之。情性之真，有因之而見者，計若干首。於甲辰八月二十五日，受檄理永興，檢録之爲《楚南集五》。

至長沙寄方種園

去歲同游樂，小桃初有花。今來桃又放，故好各天涯。岳氣隨春遠，江聲帶雨賒。如何聞斷雁，冷落數行斜。

晤陳蘭莊仍用送其往衡州韵

久別惡離聲，相逢展舊情。禹碑酬宿諾，隔歲重斯行。自喜無別況，連篇有所成。暇時論欲細，杯酒屬先生。

謝陳仰山饋瓶蘭

我來楚南少所歡，賴有芳蘭作知己。春風二月天氣晴，花發香滿湘江水。是時買者長沙城，可憐衆草偕入市。今年到晚將過期，未及買栽情不已。好友心同好亦同，列盆早滋盡蘭美。初開招我以一觀，主既自豪客狂喜。閑雅如接古幽人，空林燕處高素履。珠纓翠被冠佩殊，世間穠艷悉奴婢。觀罷行歸中弗釋，夜夢猶繞蘭香裏。晨朝剥喙聞叩門，名瓷手持遣家使。割愛相遺激感深，豈惟珍重瓊玖比。置之几案書卷傍，檢書漾漾香吹紙。書氣澹與花氣參，且嗅且讀樂誰似？屋外雨聲難出游，虛窗静對坐復起。沁肝淪脾莫名言，只餘神浹忘彼此。嘉貺尋常何易得，作歌寄謝仰山子。

即事

春雨聯綿略不停，山雲積碧樹烟青。虛堂寂坐閑無事，獨對蘭花讀《水經》。

題《渌江送别圖》送方種園

纔欣會面慰離心，又復陽關唱别音。借問圖中相送處，江波可似此情深。

夏日江氏水亭作九首

乾隆癸卯夏日，在長沙寓居江氏水亭，竹木禽魚，頗滋深趣，晨夕對之，因而有作。

亭敞迎曙霞，其下清池開。池中積澄緑，緑色深於苔。洸漾接亭上，日如坐雲來。心念人間世，何處得氛埃。無事遂閑曠，寄居亦佳哉！

池水原空明，花影復歷亂。時時金鯽魚，唼聲出隔岸。竹烟與水泊，微濛續還斷。籬疎花竹深，烟縷没其半。有人正閑止，開帙盈几案。

自我來長沙，久未見高柳。池上數絲垂，對之如故友。暑溽炎天蒸，巡檐自負手。肅肅好風吹，衣袂飄左右。襟懷一蕭散，夏氣更何有。

今年陰雨多，一月誰見晴。昕夕滴潺湲，惟聞檐溜聲。池水日益漲，與亭階上平。游魚戲階際，泳躍了無驚。倚闌獨觀久，憺憺怡我情。

雨中卷簾坐，四圍烟靄沉。竹木交映蔚，杳冥若幽林。豈謂城市間，得兹清景森。何人自怨别，
遠唱離歌音。伊我有鄉感，傾聽愁不禁。

天晚雨時晴，雲散月東出。流光照池水，瀁瀁互融溢。倒影來我亭，我心兩俱佚。旁視佳景羅，
紛披致非一。可愛不能摹，留連恐遽失。

寂坐焚香烟，微吟倚石榻。池中魚躍聲，榻上遠相答。境静人逾閑，慮空事無雜。所托殊殷遥，
隨時有引納。悠然向虚翠，渺渺白雲合。

池水泛木葉，隨風爲去留。有蟻附其上，宛若乘輕舟。因之念江海，高檣雲際浮。意氣自雄放，
直欲凌滄洲。以今論齊物，何异一蜉蝣？

無守身且寬，依時作經濟。鳥鳴復花開，寓目無俗計。翠羽飛闌前，香風拂水際。物生遂其天，
吾亦得真契。於焉娱所欣，俯仰更何滯。

易帶吟

先母弃余二十七閲月，將釋服，余惟永感之人，服有制，不能過衷。衣之帶非外所見，可長繫焉。迄今又三年餘矣。一官需乏，久隔松楸，帶亦縷縷，結而復絶，不獲已乃易之，因作《易帶吟》。

往昔承慈顔，以兒最少子。兒渴予茶湯，兒飢分甘旨。兒暑輕葛裁，兒寒厚綿理。慈意常兒憐，兒情更何已。林木悲吟聲，慘切烈風起。霜露倏忽經，縗絰有終止。痛念平生時，朝夕傍筵几。出行歸偶遲，早見中門倚。那堪日月奔，傷心一彈指。縗去兒褒衣，罔報從兹始。思惟繫中帶，尚可留旬紀。南北燕趙間，幾載盡游履。鄉關路迢遥，墓前失奠祀。但餘值佳節，空望白雲裏。微官猶待期，先積瓶罍耻。俯視腰帶垂，襤絶苦無比。昔在縫兒裳，針密與恩似。今并帶亦除，俾兒復安恃？持帶纔欲捐，刀錐刺骨髓。重持觀再三，彷徨屢移晷。咽咽向長天，兒泪如流水。

池上作

炎天城市内，暑氣日來深。好此一池水，對之清我心。端居當静景，啓册念知音。寂寞焚香坐，無人儈獨吟。

登水陸洲寺樓

百尺凌虛最上頭，憑高放眼此登樓。江間雨氣連雲下，天際風濤叠嶂浮。遠火參差城郭晚，踈烟寂歷石林秋。如何汩没中流過，激浪懸帆尚不收。

自題《湘江志别圖》送袁松皋入覲

松皋先生古循吏，所至甘棠陰滿地。談話有時髯怒張，於人那禁不平事。世間馬耳射東風，天真自憾無與同。相得先生慰膠漆，才逢又送愁我衷。廉惟六計考皆上，入覲天顔色益壯。今去如葉一帆懸，歸期誰定雙旌向。岳麓山高秋氣生，湘江水碧波流聲。草草作圖用志别，天長水遠難爲情。

八月四日對蘭有作

昔年常讀離騷賦，作佩西風憶左徒。今此移來空谷下，悠然獨對素琴隅。滿堂秋氣清何極，竟日幽芳澹可娱。冷雨蕭蕭人不至，客中得爾好相俱。

聞童二樹山人病歿二首

一别安陽後，相思十九年。中州三友具，山人以余及大粱周白陽、新鄭蘇惠坡爲『中州三友』。與余平生惟於碭邑一會面，餘尺書往還而已。海内幾人傳。尺素憑秋雁，長歌寄蜀箋。無端聞遠訃，涕泪向江天。

浮家何有定，筆稼少餘資。遥念妻孥在，於今倚托誰？關山千里道，夢寐五更時。不奈身匏繫，傷心負所知。

十一月中赴常德，途間即事，爲絶句八首

西渡湘流小至前，晴暄景物似春天。壟頭不斷灘聲送，見叱烏犍耙水田。

未有幽情不好蘭，高齋春霽暫盤桓。酒餘游目盆羅列，想像當年九畹看。過寧鄉，飲陳壽田署，春霽園齋中盆蘭以十數。

地入濱陽多赭嶺，赭如霞彩映周遭。中間路白深於雪，界破丹霞十里高。

雞犬塗人一不猜，中丞輕簡閲工回。至龍潭橋驛館，伊大中丞歸自黔口。若非負弩前驅者，只似尋常旅客來。

龍陽館舍倚城陰，亭接高城竹木森。長憶去年懷舊處，登來别緒一時深。壬寅赴龍山至此，有寄懷方種園之作。

楚南遠异故鄉風，節候相差了不同。已是梁園寒落雪，猶餘晚稻在田中。

江近白沙地名野色平，肩輿好傍大江行。江干幾見鋤湖豆，婦子嘻嘻别有情。

白沙江過路還紆，落照寒烟滿客裾。爲嘆僕夫勞頓極，那堪遥見武陵漁。

甘露果

吾鄉種蕉者極少，但逢霜下皆摧萎。劚根深藏土匱密，乃保無凍萌芽滋。所以雪圖笑摩詰，剪裁破裂成妄爲。萬千偶得見花放，比優鉢曇尤罕奇。立如堵墻聚觀衆，喧傳百里交奔馳。南來滿眼歲寒候，扶踈茂葉幾曾知。朔風栗烈將小至，龍潭驛舍經過時。時還自武陵。叢蕉蔽院曉天緑，數莖果結青離離。層生繞莖莖有節，節端旁出筝柱垂。手摘三五頻持玩，問名徐証朝影移。花既嘉名重甘露，同稱果亦良甚宜。却憶去年秋七月，道此欣對花初披。瓣香掌大先已落，内苞猶含冰雪肌。去年花落杳何處，飛鴻爪迹人與隨。今年果熟又重到，回首難駐花開期。驛後蒼山澹微靄，驛前白水流渺彌。置果輿中自行役，細分甘露一嘗之。

客有爲余作《念鞠圖》者濡泪題此

先子及先母，昔存最余憐。以余少子愛，不覺鍾情偏。余已列庠序，時時置膝前。視猶若孺稚，嬉笑摩余顛。余歲二十五，先子痛弃捐。先母更撫余，軫恤逾纏綿。余廑寸草心，屢和采蘭篇。潄帚春暉集，一册人世傳。高堂奉歡燕，又越十五年。先母復余弃，瀝血號蒼天。釋服赴公車，北游幽與燕。曾照望雲圖，目斷空俄延。國恩值异數，南楚重羈牽。豈惟仰顔色，難得承几筵。春蔬剪一韭，秋鲊具一鮮。此身數千里，誰奠墓門烟。所餘念鞠泪，泪下如流泉。欲静風靡寧，哀哀林木邊。

哭侄

十一月，侄用溥從家兄來訊，余行至荆門，病殁，痛傷不能已，爲賦此。

昔我往京師，汝身了無恙。我出罔繫心，幸汝各强壯。繼聞汝娶婦，有室居成人。望汝衍宗祀，先靈妥吾親。及我京師還，驚見汝骨立。詢汝何至斯，泫然對我泣。知汝以家累，勸汝千百詞。汝泣不能止，我懷益難支。我遂來楚南，汝瘠從未克。日夜縈夢思，或睹汝顔色。去年接家信，悉汝山左行。遥喜汝疾愈，慰我羈旅情。誰意念我深，綿綿涉遠路。二竪阻中塗，雲慘雨昏暮。痛汝芝蘭秀，一夕萎烟霜。悲我階庭上，失兹珠玉光。汝今去九原，獲隨汝祖母。祖母常汝憐，想見持汝手。汝祖識爲汝，當問我如何。我生瞻依隔，遜汝良已多。汝魂猶有知，异鄉勿久托。我官無定居，兼彼湖波惡。汝急返鄉里，栖宿松楸陰。逢節有魚菽，免汝飢餒侵。風爲我蕭條，景爲我凄絶。哭汝大江頭，江水流嗚咽。

十二月見蘭花

楚蘭如楚雨，不斷四時花。人淡室常静，歲寒香益賒。春風相對夕，曾憶在吾家。安得屬同好，寄之天一涯。

張荷塘留別即用韵送其行荷塘丁父憂歸葬

政事文章説大材，狂瀾百尺一時迴。常承惠教能相益，幸有天真得自媒。飛烏遠逾諸葛嶺，荷塘歷辛東安、芷江諸邑。望雲頻上定王臺。細侯今去須垂念，竹馬兒童約再來。

送友人歸寧都

前路汲汲風吹衣，有人遂初湘水歸。翛然我羨脱塵鞿，爲懷止足今日稀。西江草長群鶯飛，歸去蒼顔坐釣磯。杏花雨落春烟霏。

摩崖碑

所重以人不以物，岣嶁碑後浯溪碑。摩崖百尺削積翠，雄情本屬天開奇。魯公大節燭星日，平生書此心樂爲。由左而右創章法，想便書寫操筆時。書正文古各相協，其人其心俱見之。中興何必頌南楚，矢忠難已從可知。我讀漫叟春陵作，一讀一拜如狂痴。愛民猶是忠國意，敬天子命符節持。忽聞敗賊兩京復，喜極製頌陳衷私。南楚得此光土宇，岳岳長峙衡湘陲。拓成坐對竟晨夕，予懷渺然千古思。

章武雙魚洗歌 甲辰

有洗厥圍三尺强，古銅斑駁發奇光。側象雙魚鑄形直，中銘六篆書體方。其文不雅亦不頌，曰富貴昌宜侯王。傳是章武之故物，千年淪落留衡湘。當時吴魏各鼎足，日以兵戈爲急裝。争據荆襄作門户，何暇及此樽俎行。我想君臣樂魚水，綸巾羽扇來堂堂。軍政旁午指揮定，依然容與如等常。取意雙魚豈有在，即用相喻非荒唐。對洗抗懷世已遠，起視白雲天杳茫。

正月十日雪

入春十日北風寒，落雪蕭蕭下石闌。正好庭花初欲放，早來開户一同看。階除色浄深能積，卷帙光澄夙所歡。却視西山蒼翠處，皓然迴磴入雲盤。

和韵家兄留别二首

三年相憶切，日日夢魂飛。到此才經月，何堪又欲違。浮生知命定，閲歲感形非。去矣當私遣，忘情向釣磯。侄用溥病殁。

宦情原自澹，無足係兄心。不奈家多故，難寬弟慮深。江鴻行屢斷，林木暮還吟。正是離愁極，如何聽此音？

正月十七日赴巴陵

尚餘殘雪在陰崖，出郭悠然暢好懷。正是籃輿相向處，一痕遥翠澹雲埋。

湘陰道中

天晚烟逾昏，泥深路屢折。四圍山積雲陰寒，獵獵北風又欲雪。

夜雪早發湘陰途間作此

雪聲夜蕭寥，晨起踈寒亟。出城視林山，皓然邈一色。我心清且遠，對之適相得。獨感輿夫勞，犯此使人惻。行行積素中，路曲情何極。

將至巴陵即事

石徑盤陀接古陂，長松夾道好風吹。地連雲夢入春後，行近洞庭歸雁時。積氣浮空常浩渺，諸峰帶雪遠參差。遥遥轉過平橋畔，忽見梅花横一枝。

春日登岳陽樓

天風吹我裳，好此一遥望。水與春無極，渺然空碧長。樓高迴淑氣，日暖耀浮光。自古良時樂，今朝在岳陽。

魯肅墳

巴陵城内陵入雲，修篁灌木烟紛紛。上有蜂房一祠小，居人指點魯肅墳。肅也在吴余所欣，同仇視蜀殊空群。脣亡齒寒既當戒，魏東西顧力乃分。奈何俾收漁者利，相争鷸蚌荆州軍。公瑾已死阿蒙起，不知大體誰忠勤。於此惟肅獨稱勝，作歌以褒將勿聞。

二月三日雪中登岳陽樓作

洞庭之水長如天，洞庭之山小如拳。湖水初長二月吉，漫空吹雪春風顛。岳陽樓上遠回望，水何漠漠山皓然。昔時來者孟與杜，氣吞波撼争誦傳。目極東南坼吴楚，侈言寥廓窮雕鎸。文正作記善名狀，天下憂樂爲後先。陰晴慘舒細别剖，平生讀過心目懸。皆未遇此最清景，已誇氣象雄萬千。誰知冰雪闢异境，大觀十倍增妍娟。古往今還不相待，得分一勝即能賢。俯視城郭照總素，遥臨湖水冥踈烟。樓日閲人各登眺，遲余此景幾百年。

渡江往白沙洲即事

洞庭北接江，引棹淩空闊。皓皓照心目，斷冰載殘雪。南望湖渺冥，與天遠無別。一螺澹春烟，君山冷翠削。昔人泛湖時，兹景未經設。既渡重流連，游睞情自悦。

聞雁

前日至江介，送兄歸棹行。不堪今日出，又聽失群聲。

抵白沙

洞庭西北上，絶似故鄉過。村落圍新柳，特牛散遠坡。野行春望闊，湖氣晝陰多。天外看山影，烟深奈若何？

二月十三夜渡洞庭

岳陽樓下片帆開，直走長風叠浪堆。萬里雲陰遥夜積，四垂天水一舟來。浮空雨氣鼉鼉上，震耳濤聲霹靂迴。才到凌晨湖已過，碧湘入目興悠哉。

瓶中桃花

白沙泉畔早春期，記得聯吟共看時。今日懷人寒食節，一痕香裊澹燕支。

題《林渠清先生游勾漏山小照》

山翠冠白雲，一徑雲中迴。瀟洒古仙人，穿雲行獨來。徑曲待僮侍，翛然坐蒼苔。白雲既滿袖，山翠亦無猜。曠望三石室，丹砂安在哉？信美千里游，神往烟林隈。

趙魯庵司馬草堂成，賦此落之

三春爲借一枝忙，魯庵顔四字曰一枝小憩。獨喜官衙得草堂。舊句猶看題字緑，余壬寅有過草堂作。重營益信結茅香。户間花氣流芳茝，雲際山容照翠蒼。小憩多君自方外，閑來好我共相羊。

偶興

好鳥不在山，入城與人依。城曲花木繁，相逐鳴且飛。春深雨始霽，烟色朝霏微。物情各自遂，我心亦無違。所事任其適，端居何有非？蒼蒼雲外峰，渺渺含清暉。

出城

出城十里曉雲屯，雲際蒼山澹一痕。正是楊花飛不盡，滿江春水上河豚。

李營邱《夏景晴嵐圖》

幽林窅冥層碧出，開卷烟嵐滿一室。李成夏景晴嵐圖，七字横題宣和筆。御書璽大印押上，朱霞流彩映朝日。皴法有意無意間，落墨欲飛天趣溢。工參以拙世所難，秀極能勁興何逸。當其凝神慘澹時，心與景氣旋爲質。適然得之急追摹，想見臨池風雨疾。我來楚南三四載，目少可觀中若失。獲此庶足慰平生，百回細讀情恬適。花影過階春晝閑，久立不疲忘自恤。夜深誰禁魂夢迷，濕衣蒼翠人雲密。

題宋四賢帖歐陽文忠公《多日帖》、岳忠武王《惠翰帖》、張横浦先生《慈溪帖》、子朱子《春烟帖》

余性非好書，兹帖獨珍惜。手裝休沐期，拜觀竟日夕。平生抱微尚，仰止四賢迹。文章與忠孝，發露此心畫。遥想操筆時，德崇法自適。至今摹拓餘，神采猶奕奕。鍾王僅書名，相去數千百。高置謨誥間，寶之勝圭璧。

出行南郭二首

宿雨新晴磵水流，石林路轉竹陰修。行來著色新圖裹，緑樹青山看飯牛。

田中秧插翠初齊，原上烟深麥滿畦。得似家鄉好風景，一聲聲聽郭公啼。

家屬至

故鄉荒歉甚，息累盡南行。報國憐無地，忘家負此情。經年離已久，幼子學何成。且效團圓樂，依依薄宦名。

和林醇叔見過原韵

日三惠我來頻仍，從曉及晡還繼燈。隨意白雲不自主，無心明月常相朋。清言旁侍一僮倦，逸氣上干千古陵。長夏得君各休暢，誰嫌聞語蟲疑冰。

晤袁念圃

一別經三載，重來意倍親。得君憐我獨，猶是舊時真。澹月空庭静，遥山積翠勻。清琴求更理，爲洗隔年塵。余前有『聽念圃彈琴』五言古一章。

袁念圃見惠雙井茶歌

涪翁舊居雙井傳，井伏溪心洌幽泉。井上有茶未春社，雲腴競摘芽新鮮。汲井製之美益出，他處無得相比肩。我友遠從故鄉至，兩瓶持贈中拳拳。平日每頌涪翁集，此茶曾經送坡仙。而今獲贈更視昔，瀉珠愧乏古人賢。呼僮急煎一爲試，滿甌潑乳香氣旋。再煎再啜内恍惚，腋下清風來邈綿。石花明月各稱瑞，不識佳品誰後先。珍重拜嘉置甌起，白雲遥望山蒼然。

趙魯菴司馬招看鐵樹花，用東坡《清虚堂》韵二首

誰聞培樹以精鐵爲泥沙，誰聞居職以草堂爲官衙？到來瀟湘各一見，自宜鐵樹能開花。魯菴司馬我同好，風雅專席名厥家。時時邀過草堂下，探鈎刻燭恣塗鴉。勝日復招共奇賞，蓓蕾屹立分天葩。坐我鐵樹側，飲我明月茶。示我咏花作，如聽雷侯骨操夔鼓撾。披吟再四亦技癢，安得麻姑長爪爬。千年罕希幸獲覯，繞花狂喜還嘆嗟。炎夏呼酒向花酌，何异相對珠宫之蕊餐紫霞？

狀如松實摶黄沙，色如蜜脾結蜂衙。長約徑尺圍半咫，挺持是花若非花。四垂鳳尾葉散影，一莖幻出仙吏家。待乏孤宦無所事，晨朝瞑坐翻金鴉。忽來招飲已欣暢，矧看鐵樹生异葩。寓目欻然豁胸臆，恍啜中頂雷鳴茶。鐵樹開花古未有，覯之歡極心自撾。主人索題拈競病，韵險字奇窮剔爬。物瑞私慰富聞見，詞傳世應相矜嗟。歌成對花再引滿，出門岳麓明夕霞。

余既爲趙魯菴用東坡《清虚堂》韵賦鐵樹花二首，林醇叔、朱春亭各以所作見示，因再用韵奉寄

經年落寞覊長沙，日課衆芳排兩衙。坐看鐵樹俱生花，一觴一咏醉爲家。誰與相隨銜尾鴉，妻梅

有客詞成葩。退叟鬥文如鬥茶，小朱萬卷號退叟。氣能益振一鼓撾。碎金屑玉争羅爬，自顧才踈真可嗟，猶山平遠無烟霞。

寄陳仰山時爲慈利宰

訟庭草長政初成，竹榻風來夏簟清。此際思君無所事，隱囊獨倚聽灘聲。

六月五日夜發往茶陵

西江騰孽蛟，水上長空流。浩蕩没陵陸，波及我茶州。灾黎急救恤，捧檄難暫留。同事中夜發，昏黑陰雲浮。燃炬光熒煌，遠近明道周。大憲重民隱，賢勞何復謀。僕夫各奮往，終宵不能休。惟思旦夕至，庶以寬我憂。

醴陵道中

行來翠色染人衣，禾稻連塍映夕霏。道路隨觀常有喜，居民此地可無飢。雲迴極浦深千叠，日落遥山澹四圍。却望前途仍未已，聊將好景慰微微。

將至攸縣作

一徑溪壑間，欹仄半足迹。昏昏倒垂藤，業業欲崩石。此時僕夫瘁，沾汗炎天夕。回視殘照赬，前矚遠烟碧。弗恤去遑遑，灾民正望澤。

抵茶陵周視被水村落

林杉上潮頭，三丈觀沙痕。墟里經水没，彌望皆壞垣。行逢一老婦，長跪爲余言。嗚咽復嗚咽，未言聲自吞。屋餘地瓦礫，田入河奔渾。家有七兒女，强半隨魚黿。剪紙不能得，誰與招怨魂。余聞内慘切，相撫立中原。予金起作廬，予米持作飧。仰惟大憲懷，廣推皇帝恩。拯灾首困急，培木先本根。根培本自活，急拯民乃存。户賑亦人恤，心戚忘體煩。歸路視東城，圮缺蒼烟屯。

茶陵絶句二首

鄂王城邊竹木蒼，旌忠寺外月昏黄。舊聞遺事冬青樹，道上逢人問赤塘。《茶陵志》載『岳忠武董師過赤塘，有冬青横生梗道，師至之夕，忽自植立』。

石壟山高雲影低，雲歸壟下野陰迷。賓之故里今蕭瑟，猶聽子規花外啼。

還自茶陵是日立秋

畏暑乘清曉，啓行城始開。臨江山徑仄，激石瀨聲迴。是日節初變，冷然秋氣來。中田禾稻盛，所感此偏灾。

至攸縣由江路歸放舟即事

崎嶇石徑陸行修，如練澄江好放舟。近夕凉烟生遠樹，平空爽氣入初秋。山連衡麓東南坼，水會瀟湘西北流。此日灾民蘇已遍，清心對景自夷由。

舟中望衡岳歌

夫何積翠空濛間，一轉一面湘水灣。片帆隨之曉復夕，九面真得觀衡山。是日雨晴始秋氣，凉風梟梟江漩澴。中峰高出上公顔，雍容揖讓怡且閑。衆峰四起各羅附，宛然女侍垂髻鬟。或坐或立或如卧，泰華嵩久聞人寰。今欲名狀亦奚有，趨走龍虎來追攀。以濟以蹌朝會班，七十二峰相與環。東視雲陽茶陵名山小結束，不殊蘭蕙臨草菅。平生思訪月壇勝，露瓮光徹迴天關。手摹禹碑拓墨本，下俾諸帖同兒頑。此身在官那自主，咫尺經過緣分慳。雲濕行舟衣袂斑，惟餘沾此蒼嵐還。

《徐孝子舐目圖》歌

孝子名師愈，浙之德清人，子玉樞求沈君芥舟繪圖，余爲作歌。

人篤天性不容没，如金玉韞山川中。遭遇益艱美益懋，彼蒼厚意常靡窮。孝子猶子嗣伯後，食貧甘旨脯修充。朝寒授徒十餘里，日行定省來遽匆。伯晚罹疾疾太甚，厥明俱失昏兩瞳。刀圭千術那得理，孝子無計惟憂忡。曉起百思竭微志，試以舌舐非求功。舐之浹旬又經月，一絲光自冥晦通。再舐再久物漸見，色相隱約雲微濛。孝子欣慰倍虔切，侵晨罔間殫幽衷。金鴉閃閃豁然啓，重睹秋毫懸碧空。舌本何有仙山藥，至性所積丹液同。勿因世罕驚詭异，須知精貫成神功。孝子盡孝忘顯貴，事聞寰海高其風。爰繪圖畫播芳烈，子復克孝恩誼崇。我對此圖若面覿，容爲肅肅心融融。作歌流傳萬億祀，興起頑儒無有終。

寄方種園都門

寶馬金臺足壯游，經年客子尚遲留。幾行題字暮寒竹，種園寄余題《天寒翠袖圖》絶句。何處聽歌明月樓。裊裊涼風吹遠雁，蕭蕭落木入高秋。思君促坐長沙日，獨望烟雲重別愁。

楚南集六

夏邑　李樹穀

余以乾隆甲辰八月二十五日，奉檄理永興。遂買舟，由衡耒赴焉。道所經歷，以及抵邑對景關情，不能已於作。至乙巳三月七日回長沙，與人題贈亦時有之。山川之助，景物之移，難以盡置問。録之以爲《楚南集六》。

赴永興

秋江淺以平，秋氣逼人清。挂席下踈雨，蕭然篷上聲。斯民非易理，敝邑有餘情。職守無常暫，兢兢爲此行。

雨中舟行

秋風五兩指東南，逆水聲高冷雨參。夾岸蒼山如駛接，白頭浪裏過湘潭。

昭靈灘

水盛灘無聲，石没險俱息。霧深山翠微，雨細岸烟積。江流浄猶明，濛濛杳一色。澹宕舟中人，孤坐忘語默。風生烟霧消，隨境若相識。余六月中自茶州由北回長沙。前歸氣始秋，今此清何極。

將至衡山舟中即事

一棹隨流不計程，帆開好趁曉風清。遥分岳氣山常秀，静入秋澄江亦平。所遇無心相映發，何當有役得逢迎。翛然世務乘除外，却見洲邊釣者情。

過湘南望衡岳

前自茶州還，西看祝融峰。今向衡州去，峰下相追從。前行適晚霽，澹冶披真容。今過積秋氣，朝上白雲封。有時爲我開，錯落青芙蓉。感通不足言，景好欣與逢。帆轉歷其陽，領新誰復慵。既還尚回目，用以消煩胸。

衡州南下却寄長沙諸友人二首

不住風帆水杳茫，合江分路更殊鄉。合江亭在衡州。故人遥在長沙渚，回首烟波十四塘。水驛曰塘。

到日山城僻可知，行行益遠益離思。再經回雁峰南去，欲寄音書付阿誰？

杜工部墓下作耒陽

余觀風雅理，只此性情真。所感先生後，心知得幾人。凉天秋氣遠，夕照野烟匀。葬地今寥落，行來太息頻。

耒陽

一片山城夕照垂，士元舊治感空陂。鳳雛足重三分國，驥足何妨百里羈。耒水北來烟漠漠，靴洲西望草離離。舟行颯沓疎林畔，正是秋風落葉時。

過耒陽風利舟行甚駛作歌

五兩風高帆一葉，順風逆水水聲接。岸上蒼山雲北馳，舟中安坐如不移。水緑山轉水復曲，清曠何處得容俗。盡日舟行圖畫中，猶愁行遽觀未足。

抵永興

繞郭江西上，秋城水氣中。四山開絶壁，積翠落長空。所慮居民陋，殊難内地同。平生經世略，到此意何窮。

九日登鷄公山

重九憑盛秋，淩風躡深碧。盤陀磴道紆，上入宿雲白。衣沾雲滿携，溶溶足欣懌。當年神效靈，鬼陣退凶逆。至今典祀崇，五岳同赫奕。天章星日昭，豐碑刻蒼石。我來值佳節，俯仰情屢易。帶縈大江迴，笏立群峰積。景奇忘險峻，地静樂幽僻。磴傍野菊花，香發如遲客。三嗅向空濛，邈然意自適。

觀音岩追和彭禹峰方伯韵

飛閣浮空勝畫工，江聲下走玉璁瓏。石嵐半入層霄碧，霞彩平連複檻紅。依岸鼋行迎楫上，余舟至岩前適有巨鼋浮出。登梯人語落雲中。爲尋舊迹鄉先達，方伯鄧州人。題句書看戲海鴻。

縣齋菊花

平生閑處愛種菊，滿徑滿籬種不足。花發招客看秋容，無數幽人在空谷。便江更遠長沙渚，風物漫野總粗俗。蕭條九月天氣凉，朋游皆隔意罔屬。寂坐縣齋圍簿書，誰歟偕者惟童僕。却顧冷香何處來，一痕烟影出叢緑。勁校不修遂簡放，佳色自媚離寵辱。正如舊好忽然逢，開襟話舊暢所欲。命酒向花傾復斟，猶嫌落照太相促。摘花且嗅且回眸，白雲飛鳥南山曲。

諸同人亦賦觀音岩韵因再和

嵌空巧構見神工，積翠虛無護瓦瓏。水照澄江秋益白，花傳法界雨常紅。人天散出烟霏外，楚粤遥分指顧中。作賦重爲千載計，也如霜爪落飛鴻。

示邑中

余至永興，覽其山川風物，於楚南爲勝區，慮人之囿乎俗而不能自勉也，作歌以示之，俾備法戒焉。

官父母名官奚司，以訓以飭容稽遲。薦紳崇貴鄉表規，崇弗足恃善可師。豪强著令千古垂，士尤珍躬圭璧持。守如處女賢所爲，彼民趨便情多蚩。厥利罔收刑已罹，黠由幸念惑於私。愚益憫憐昏昧滋，丁寧重戒非遠蘄。有親圖報天無涯，順天與禧違與危。弟子引年務夔夔，接人休氣人俱怡。經籍讀勝儲金資，匪徒口誦身且追。軒紱聞達猶餘資，保世承業安常遺。力田置科行當思，家給羞耻忍蒙之。租税宜先勿回疑，終難免剢及鞭笞。惡吏迫呼情更悲，慎戒興訟戚自貽。牘入年歲愁羈縻，傾產妻孥各流離。初惟一忿痛至斯，玩時博嬉餒將隨。飲酒凶鬥成囚累，奸蠹雀逐鷹鸇飢。盜賊討逋專力治，若能格亦予温咿。視同在鞠何參差，心長語複知者知。

注江

四望翠無涯，籃輿一徑斜。石磴落紅葉，山田開白茶。空濛多雨氣，隱約幾人家。轉過烟林下，泉聲入耳賒。

興寧道中雨

僧衣名水田，田復如僧衣。膝上亂堆石，曲折行徑微。颯沓山風來，吹此踈雨飛。泥滑兼路仄，顧視情依依。山翠隨雨落，蒼茫凄以霏。輿内互相薄，滃然沾我衣。烟外清磬聲，遠聽亦何希。

由廖江赴郴州山行

畫山愛平遠，今躡平遠上。竹木森杳冥，一徑鑿天匠。雲深朝氣昏，曲折不知向。但聞衆鳥聲，唧唧出烟漲。身行圖畫中，轉失圖畫狀。既過重回首，半空列屏障。

梲題名者四皆唐世，余因命工拓之裝成軸，作歌以係之

唐相姓同有二甫，林甫奸宄吉甫賢。賢子似續美稱濟，時從行者弟昆聯。惟紳與緘名不協，中或更易疑當蠲。內云：長男紳、次男緘，從行或衛公兄弟初名。石室僻遠便江側，得此一題星日懸。後來刺史與博士，賓客親串皆幸傳。世人但仰昌黎學，竊假侍郎旁附牽。豈知賢相父及子，功留正史光青編。如何邑乘乏半字，遺失勝迹湮歲年。我今訪古驚目見，石室拜下情夷延。爲拓墨本挂齋壁，怳瞻緩帶來欻然。

武虚谷見過話舊每至夜分酒間作

涉世入風塵，不移得幾人。到來先一笑，如舊見天真。對酒山云積，聯床夜漏頻。平生相訂意，珍重與重陳。

寄贈魯山二李生

伯名州，字居來，仲名渡，字于岸，年俱二十餘，從武虚谷游虚谷過安陵，以所爲文示余，不羈才也，因作此寄之。

大□非天人，所貴惟自力。才華未足多，謙抑有佳德。飛揚跋扈間，誰見聖賢則。俗學名自古，豈不在無實。少室高摩空，濁河流其北。爲勖圭璧心，遥遥此何極？

十一月二十三日生孫

先子思孫終未見，我今幸早擢孫枝。故鄉遥望心爲告，英爽如聞喜可知。似續遺經常有屬，教箴世業好相期。安陵此日堪成醉，積翠浮空進一卮。

雨中登廨後坡望城外諸山

前山窅冥雲氣霏，後山雲動山因依。山翠連雲與雲合，雨從翠出相挾飛。安陵官舍本山上，舍後坡高高十丈。此時冒雨獨自登，山色雲影胸爲蕩。忽然雲下如欲還，縹緲身在雲中間。忽然雲起復開朗，却顧四山羅髻鬟。髻鬟帶雨青逾深，遠近參差歡我心。雲或間之致非一，雨立看久沾衣襟。城外江寒水新落，灘聲入耳繁弦作。更加雲際泉百重，相逢好景得無樂。

歲暮

縣齋將盡歲，寂處有餘清。獨坐對香篆，微聞寒雨聲。開尊懷往事，散帙慰平生。故好各千里，遥遥空復情。

早春寒乙巳

年前日多晴，煦煦如春暄。年後日多雨，蕭寥凄不温。鎖篆同休沐，對爐自開尊。尊酒亦已盡，起立向庭軒。衆山烟霧間，空翠遥且昏。其下江雲合，接連相與屯。所念地常暖，居民少衣褌。忽逢此栗烈，凍僵何以存。彼花致將發，摧損無復言。

上元燈舞歌

上元夜邑人各以燈舞進，余喜其親上而有以行樂也，爲作歌。

燭龍飛落鱗之而，鷗鷺驚起魚黿隨。芙蕖照耀蜻蜓下，以翔以躍何陸離。安陵地僻乃有此，足徵康樂饒餘資。升平象傳古奚似，想見黄農虞夏時。小民久食聖朝福，家給情遂成歡嬉。所愧無藉得相愛，訟庭蕭寂來鼓吹。向夕麇至常接踵，翩其翻覆光參差。兩京誇侈戲曼衍，豈知小邑俱能爲。舞罷月高四山碧，中宵曠望心自怡。

晨起

侵晨日未上，春鳥鳴檐端。起來向烟靄，山翠盈朝寒。務簡心自適，淡然無所干。顧視光景佳，一一成清歡。踪迹不能定，隨情皆可安。何必林野中，駕言樂游盤。

廨後桃花

僻邑芳菲少，春來未有花。偶然臨石磴，忽見照晴霞。楊柳深村路，清明遠水涯。故鄉千里夢，對此感情賒。

將返長沙與友人出游蘇仙觀諸山寺

將去重夷由，出與山水別。任謝如散人，逍遥自怡悦。同塗不識官，此意良非劣。危磴迴青蒼，幽刹衆松列。再轉窮層巔，足迹依古絶。化鶴幾何年，空聞韭圃設。神仙未可爲，趣適復何屑。下行至江介，春翠照明滅。

由雷壇觀放舟至鷄公山

放舟及中流，江平緑亦澄。回望向來處，霏微雲氣蒸。舍舟更登躡，重至情逾增。岩花媚春色，時序相與乘。俯視江内帆，過眼如風燈。談話雜童稚，是日子世衡從游。漉酒勞山僧。飲樂不知返，夕烟昏筱藤。既下濕衣袂，出入嵐靄層。

三月三日自郴州回長沙

郴山東郴江，急勝峽江流。晨起解維發，飛下如葉舟。春期正上巳，寒雨不能休。顧流復鼓棹，雨昏雲氣浮。良辰自行役，相對無匹儔。却念故園中，禊事時共修。

夜過衡岳

船隨江轉如馳駰，七十二峰夜逾碧。天明回首烟霧間，山連積氣渺無迹。

至長沙

舟輕水迅一江斜，不用風帆不用划。直下瀟湘千里遠，順流三日到長沙。

袁念圃過余寓齋小飲，取琴爲余彈，余爲作歌

古人高踪去已久，古人遺曲今尚留。揮手但得曲中趣，邈然千載如同游。夫子好我情俱古，相與原非俗世儔。暇命兩僮抱琴至，酒餘爲我張庭留。是時春深館舍寂，惟見烟影成篆浮。撫弦一鼓萬緑静，依稀遠入空碧流。似夢似寐不知處，山長水闊心悠悠。此意尋常識者少，我聽終曲神夷由。五年箏笛喜耳洗，自辛丑冬聽念圃彈琴已五年矣。百代聖賢疑面謀。彈罷舉杯屬再四，夫子閑止復何求。

暮春對菊

嗚鳩乳燕遍瀟湘，已見畦間菊有芳。却憶髯蘇嶺南語，竹秋時節過重陽。東坡有『凉天佳月即中秋，菊花開時乃重陽』之語。

題《徐海陽放鶴圖》

先太史公仙被謫，米衲僧實前生身。事載王漁洋《居易録》。茶坪先生共科目，前生身舊衡宇鄰。見先生《南蘭竹枝》。惟素心浹不詭俗，都門烟月時相親。爾來曠隔八十載，後昆罔復通音塵。走也筮仕至南楚，入時弗詣慚恧頻。衆中海陽幸莫逆，瀟洒所喜同風神。覼縷傾談及世好，以醪投醴清且醇。今歲長沙三月住，朝夕從游無主賓。舐毫誰歟工寫照，坐石披册如忘真。竹梧之陰有二鶴，彼僮調罷何其馴。一鶴已放入雲去，一鶴踞拊猶雀踆。海陽持册那暇顧，鶴自飄逸僮欣欣。此情此景足高尚，尋常豈止殊越秦。走也私懷念祖德，海陽既早能崇珍。作歌題贈更惆悵，圖内未圖爲接茵。

同友人題王蓬心太守《湘江一曲》卷，用東坡書《烟江叠障圖》韵

昔我夢閱蓬萊山，大瀛九點浮碧烟。天風吹覺落南楚，縈帶惟觀江淼然。律以仙山即弗迨，隨處幽勝多林泉。放舟有灣三十六，清照見底窮湘川。更南挂席幾百里，望衡面面來眼前。空翠撲人屢停棹，却疑圖畫開秋天。舊夢依稀未足據，濃嵐實見新且妍。耽此久忘故鄉隔，不歸得已非無田。永州太守維摩詰，能事獲名經歲年。偶由一曲臨粉本，縮成咫尺何連娟。日長夏氣虚館静，啓軸神飛罷午眠。恍惚身游楮墨裏，誰復瀛海懷真仙。我亦舐筆好游戲，遠過洞庭矧夙緣。暇時顧取道元注，從源全繪湘水篇。

余獲雲林小幅，自題云：『幽篁古木杯餘畫，贈與松陵沈仲良。今夜泊舟依古柳，一篷烟雨夢瀟湘。』視印識，已歷林、王諸賞鑒家，而於長沙得之，亦前定也，因賦此

昔年畫贈初，夢與瀟湘屬。今日見畫處，乃在瀟湘曲。千載一夢間，餘緣遠相續。迂翁托石户，泊然澹無欲。寥寥楮墨中，約略相高躅。晨觀重維何，薦以瀟湘渌。

楚南集七

夏邑　李樹穀

乾隆乙巳六月五日，余受檄赴安福。抵邑，適值旱灾，經理於室與奔涉於途，無非賑恤一事。迄將除歲，灾民賡賑，乃畢厥務，唯嗷嗷待哺者衆。一日爲父母官，即當如子視之。越歲復數月，其間因時感物，不能已於懷者，每寄之五七言。距丙午七月二十五日返長沙，得若干首，録之以爲《楚南集七》。

赴安福

一邑承符六月行，地無大小事無輕。莫言作吏先逃俗，豈可臨民僅好名？風泊江聲千尺落，舟驅山影雨崖迎。年來守土如爲客，此去何修得慰情。

沅江值雨

半月憂旱乾，旱苗將欲枯。豈惟苗欲枯，心亦與之俱。昨日舟中見，水車勞灌輸。五步十步間，皇皇民力劬。力劬已難堪，功少尤可吁。今夜好風至，晨朝雲氣濡。陰合天四垂，雨落無區無。舟行以舍計，立觀烟景殊。不知立時久，但覺情歡娛。趣佳由志適，江流隨曲紆。遠聞小民樂，夾岸相歌呼。

晚泊

泊舟野岸緑陰長，雨後風清散晚凉。喜似故園好風景，柳烟深處藕花香。

滙口 安鄉

幾日層山不見青，浪平風正好揚舲。湖田水退團秋稼，蜀雨潮來走怒霆。遠樹連雲聞鷺乳，深江入夜長龍腥。前行岸柳人家近，月照波光一夕停。

澧州

夾岸垂楊接緑蕪，一江清泚繞城隅。有蘭勝地推南楚，遺珮幽懷憶左徒。盛夏心情煩暑積，晴天早暮片雲無。何堪到處皆憂旱，日對炎風自嘆吁。

六月二十二日夜行至安福

天暑苦炎蒸，夜行乘薄凉。月出照中田，旱苗萎以黄。既膺守土責，四顧心憂傷。三日復不雨，何當民命妨。勞勞近河者，戽水澆殘秧。即能一畝獲，其如千畝荒。無异取稊米，用之充太倉。
及城益愁憫，誰見朝雲長。

祈雨

旱亟無奈何，惟此拙誠竭。江都古法貽，龍拿象貝闕。丙夜禮星壇，陰風動毛髮。香烟上紛氳，
唄誦聞聲發。肅肅神靈來，杳冥接恍忽。庶以甘雨零，拯彼旱苗没。民生哀已窮，無俾薦飢猝。
有愆不敢逃，其予長官罰。祝罷瞻空濛，山氣昏落月。

雨

既祝天向朝，有雲淒以霏。忽開忽復合，好雨隨風飛。連石及蒙谷，檐際聲未希。雨聲良未希，
望望猶爲祈。中田亦已潤，旱苗無患腓。坐聞館舍外，笑語起微微。小民樂可念，吾心何有違。
命酌一杯酒，遠烟深四圍。

立秋後作

涼風日夕至，颯此竹林森。秋氣一迴薄，蕭然清我心。空階聞落葉，過雨見遥岑。事簡得閑曠，

端居意自深。

七月二十日往澧州道間作

入秋猶盛熱，道上少人踪。所至復成旱，對之餘戚容。風炎將木落，氣鬱入山重。鬥虎求顱骨，行爲起伏龍。

八月初一日雨

既雨經月餘，燥風復烈日。龜坼遍中田，稻秀不能實。穗揚花盡乾，萬頃慘如一。晨朝雲氣生，飄颯雨來疾。落葉聲相雜，遠山澹初沐。我心亦遂清，煩熱洒然失。但念苗已枯，難以成穎栗。鮮食憂小民，彷徨向虛室。

赴武陵

三月安陵來，雨昏無暫晴。今日武陵去，蕭颯秋風生。憂旱閱半歲，煩熱難爲情。所喜隔朝雨，復聞田水聲。秫稻即枯落，晚蕎猶可耕。既歉何言稔，惟冀少收成。荐飢賴相濟，命延此下氓。不至野原外，餓殍路縱横。監門矧可法，皇皇終夕行。時特大制憲來武陵，余往祈賑。

所見

水荒祇河干，旱荒遍平陸。稻枯猶在田，凄愴慘我目。稻中有荑稗，草粒細初熟。女婦三五人，群采給晨粥。朝起往野原，暮歸不盈掬。此物豈堪食，聊用充空腹。小民苦如何，余行愧半禄。矧見多掩關，一一流亡屋。

歸自武陵

格格礫礫山禽鳴，幽幽咽咽田水聲。極目山容自窈窕，襲人秋氣何凄清。陳灾得人尚堪慰，待澤難遲空復情。道上流亡有時見，填胸憂悶誰能平。

即事

幾日西風秋氣深，愁多不奈景蕭森。朝來静倚階前竹，翠落遥山一佇吟。

和友人觀雨亭原韵

余六月三十日於治東觀雨，因以名亭，友人爲賦長句，繼復苦旱，感而和焉。

余初觀雨本志喜，酒餘興高名此亭。所思雨足致豐稔，千古盛事留典型。那知雨後罔復雨，旦旦憂閔誰能寧？歌聲不起起愁嘆，低徊亭下難爲聽。長空赤景益炎烈，片雲絶迹天冥冥。當晝豈惟少雨落，深宵更苦無露零。加以熯風卷枯葉，有如朽蠹遭疾霆。北州數年旱太甚，每念鄉里憑踈櫺。小邑彈丸亦何罪，同慳涓滴聞玎玲。萬塍揚穗五朝内，可憐遽乾時莫停。四望竹木俱黄萎，只瞻确犖山石青。小民荐飢慘入目，晨夕行繞烟中廳。開倉賑乏忍稽綏，坐令此間成鵠形。急祈大憲爲請命，繪圖早晚陳彤廷。

九日同諸僚友靈泉寺登高寺在安福城北

去歲登高朝雨濕，鷄公永興山名磴道躡烟霏。今年九日溪河安福河名上，共酌清泉野徑微。萬里秋風吹木葉，四圍山翠落人衣。憑臨滿目蕎花白，少濟凶荒意未違。

歐陽松亭和余九日作原韵答之

相追出郭凌秋色，散步穿林裛翠霏。古刹尋幽原寂静，遥峰入望各依微。烟中曲徑聞人語，野外清風蕩我衣。旱後佳芳殘落極，菊花難見興猶違。

荊廣文酉泉亦屬和，因再用韵以酬

年年九日風塵下，賴有林山秀積霏。野寺行來陰漠漠，平泉落處響微微。渚間斷雁聞求食，天外寒砧念授衣。到此心情潦倒甚，得君雅和志終違。

望雨

秋禾已旱盡，采稗民食難。忍餓莳晚蕎，蕎長野漫漫。十不敵禾一，猶勝稗實餐。秋風九月時，如雪花開殘。雨澤重愆期，憂心豈能殫。俯見蟻移穴，知雨聞有端。雲陰四山集，望望凭危闌。終夕無雨下，彷徨行獨嘆。

夜聞雨聲喜不成寐有作

西風吹冷雨，夜半空階落。卧聞怡我心，擁衾暢然作。遥想田畝中，待潤蕎花弱。三日雨不來，又罹旱魃虐。小邑秋歉收，群命此焉托。蕎如再乾萎，痛慘民生薄。守吏無暫久，何止慚好爵。父母鞠其兒，難視轉溝壑。瀟瀟檐際聲，傾耳良非惡。但得一犁足，晚田望有穫。重以皇帝仁，賑恤濟尤博。我民免爲殍，私衷罔所作。欲寐誰復能，竟宵自成樂。

澧州道中

雨後日初晴，灾民事晚耕。勉爲來歲計，辛苦總關情。

葉松橋少府齋舍菊花

自笑愛菊何所如？如好淫者之於色。秋來花發置雨旁，静女侍書各默默。幾載待乏居長沙，逢秋尚得見數花。已似孌婢修餙粗，野妝散服風中斜。今年遭旱邑尤僻，九日無菊更愁積。但能俗艷一開顔，傾資不惜千與百。行入高齋驚目新，娟娟四圍皆美人。影横滿身冷香襲，勝抵蛾眉充下陳。下民灾甚日憂寫，歡心暫乞片刻假。片刻猶使心能歡，矧此終朝相對者。

歸路

西風颯沓石林間，雨後清幽意自閑。一路行來相向好，蒼蒼天外太浮山。

用前韵送人往永定

此去山城水石間，烟雲滿目得情閑。天門一帶清如畫，看我平生夢裏山。余少日有《夢題天門寺》作，壬寅過永定賦絶句云：『二十年來題筆處，望中春夢澹留痕。』蓋以此。

九月二十九夜霜

夜來風勁落平闌，早起巡檐獨浩嘆。野外蒿生猶待暖，宵中露結已凝寒。灾民寄命祈求切，守土殫心補救難。烈烈如何憑朔氣，都從一夕與摧殘。

見白鬚

幾月爲荒旱，憂心積已頻。朝來明鏡裏，忽見一莖新。報國成何事，居官愧此身。惟兹持半俸，尚可對灾民。

十月二十一日由澧江赴長沙舟行三首

爲此灾民待哺心，相將不盡澧江深。如何紅葉打帆急，夾岸愁人楓柏林。

大江開處冷雲蒸，半卷孤蓬夜自憑。群動不聞天在水，滿船明月過孱陵。安鄉亦古孱陵地。

蘭澤湖西水東下，順水泐風舲自揚。蘭澤湖東水西上，順風一日入瀟湘。

十月三十日夜發長沙

到江天昏黑，解纜舟夜開。燃炬照飛濤，上下光徘徊。爲此小民困，流離真可哀。不憚奔涉勞，但祈恤其灾。中流一曠望，烟霧紛周回。驚起鴻雁聲，嗷嗷烟際來。

白沙武陵

前年記得河干路，往返晴和十月期。今日重經風景好，又逢湖豆正鋤時。

雪

北風野蕭條，千里返城邑。凍雪飛無聲，空階照影人。訟庭人寂然，惟此疏寒集。坐念深山中，小民多絶粒。凜烈重相加，生命將難給。殄氣雖云消，荐飢苦常及。起看獨踟躕，天暮下益急。

迎二兄家屬至

故里凶荒甚，爲迎仲氏來。全家猶室處，薄宦得顔開。未暇詢親好，相將上酒杯。徐傳諸女訊。

余二女已適人。不免費低回。

望太浮山殘雪歌

忽明忽滅烟雲中，凍色襲人無與同。群木之末遠回目，太浮殘雪光冲融。僻性愛雪花不及，每逢雪落對雪立。開書照映情自怡，更取煮茶傍書吸。南楚久住雪常稀，閱歲沮冬時一飛。劣得洒空那能積，資清夢想難成輝。北風前夜聲蕭條，卧聽窗竹至詰朝。啓門悵惘視餘素，大半委階先已消。太浮山矗幾十里，蒼蒼翠翠鑱天起。却見山頭蒼翠陰，獨留三日令公喜。自古境高寒苦多，沅湘小至遂喧和。好從高處驗嚴洌，森森氣出晴霄摩。山高可望未可即，矯首徘徊憺忘食。净抱惟有平生心，泊然相向杳何極。

天漿歌

葉松橋少府見贈，椰實剖之，得酒一斗，因作《天漿歌》。乾隆乙巳十二月一日也。

交州异實如合盂，中有天漿甘露濡。剖以錯刀兩瓢俱，用酌其漿隨所需。友人贈我珍玉珠，我伊飲之精味殊。欲言難言自踟蹰，翛然好風吹我襦。敝邑民飢形甚癯，每行相遇爲嗟吁。久聞桄榔葉翠敷，葉間出麵牛乳酥。和食至美多豐腴，安得遍長山城隅。重生此酒香不渝，小民醉飽群歌呼。我往縱觀極歡娱，可憐妄想知亦徒。只今獨飲能酣無，一屬寒空雲緲紆。

散賑

聖恩如昊天，浩蕩杳無極。各憲承聖心，籌畫殫精力。守土子其民，豈容少暇息。勞勞三五月，惟念此艱食。開賑既屆期，灾衆趨孔亟。雖未成鳩形，不堪盡菜色。持賑頻額加，感深泪沾臆。古昔傳恤典，張皇費筆墨。使聞博濟功，小惠慚偏仄。只今俾再生，頌聲溢南國。牧羊求有芻，弗瘝牧人職。飢者免爲殍，余責喜微塞。勉哉爾蚩蚩，何以報聖德。

沈繡甫以監賑來邑竣事回安鄉，爲此送别

與君同此半年勞，沈君先委經理桃源户口。免使灾民作雁嗷。國帑全能分野下，皇恩共仰極天高。經籌夙夜心堪慰，志事平生任獲叨。賑畢束歸留不得，但聞輿頌沸雲濤。

於笥内檢得北堂戲彩之餘舊印感題

當年筆墨自從容，暇出承歡興倍濃。小印猶瞻堂下彩，幾年未掃墓門松。鄉關千里雲間望，子舍三更夢裏踪。薄宦於今思菽水，滿林風入暮烟重。

去冬十一月中，與沈繡甫歸自武陵，夜雨，宿村店小飲，樂甚，早春獨至，悵然有懷，爲絶句寄之丙午

同來野店話心期，夜久天寒酒不辭。復此行春尋往事，斷腸風雨對床時。

沈繡甫贈筆歌

湖州羊毫天下傳，遠方真者百無一。平生每到臨池時，想極花從夢寐出。沈君好我分所珍，土物佳製題封密。繡甫，湖之烏程人。開函露穎三寸强，雪光玉彩滿幽室。我讀倦翁長句奇，皋夔衛霍論少匹。良工累月不能用，賤價三十輿乃逸。非人莫使遭遇如，自笑亦將負此筆。年來作字更生疏，真趣公餘大半失。野鶩家鷄復誰計，秋蛇春蚓漫同律。偶思脱藁名山藏，但隨揮洒風雨疾。感君雅意春江深，相贈以心照初日。知我愛尚歡我情，瓊琚難報膠投漆。

春夜聞雨

經荒人蔽極，日望麥苗生。遥夜卧虚館，微聞春雨聲。將爲添野水，正可事新耕。更喜庭花發，朝來最眼明。

正月二十七日雨中，還自澧州

好風吹江水，冒雨城邑歸。過江平楚曠，山翠何霏微。入山上復下，翠深濕我衣。一輿萬松間，雲氣紛四圍。時有野梅花，遠香隨雨飛。此地經旱後，小民多苦飢。青青麥苗長，懷新各因依。顧之我心樂，行行常不違。

二月十一日，由澧江赴長沙，風雨夜泊

驚濤雜怒霆，岸闊水冥冥。風雨一江集，孤蓬終夜聽。心恬聲亦好，役久迹全經。却憶郴江曲，年時石室停。去春還自郴州，過李相吉甫題名處，值霄雨。

過安鄉沈繡甫留飲縣齋，作醉歌

訟庭蕭閴人迹清，庭下萋萋芳草生。慈鴉自馴若好友，作巢哺子訟庭柳。我來誰暇言主賓，滿酒相酌檜花新。情話一席雜規誡，世間萬事等飛塵。飲罷揮杯別君去，江水東流各無據。贈君惟此珍重心，長憶今朝對飲處。

寄張荷塘吴中

三年未得接雄談，寂寞衡湘百不堪。草長鶯飛吟眺處，只餘離夢滿江南。

二月二十九發長沙江行感賦

雨雨風風片席開，順流東去復西來。春江恰共愁腸曲，一日彎環正九迴。

三月三日蘭澤阻風

蘭澤湖東西北風，泊舟湖口望冥濛。飛濤直出陰雲上，空碧遥浮駭浪中。民事相催難暫緩，水聲不盡與誰雄。忽憶年年修禊日，離憂百緒感予衷。

雪

晨朝風力微，復此雪飛洒。湖氣澒洞間，潮頭白於馬。雪光一回泊，皓皓天際下。楚南地早暄，隴麥穗盈野。寒凍將奈何，飢民待濟者。太息向長空，有懷不能寫。

三月六日舟次安鄉是日清明

去年郴水岸，細雨正清明。今日孱陵道，空江一棹横。凄凄寒雪色，獵獵曉風聲。盡室南來後，益深上冢情。

出送孫大觀察往石門雨中山行

一徑迴蒼翠，清心未覺遥。山坪游野雉，嶺坂種春蕘。細雨行還止，浮烟澹易消。所怡彌望緑，秀麥更迢迢。

夾山

古寺岧嶢接翠微，當年善會此傳衣。我來猶見銜花鳥，時入山雲深處飛。

奉天和尚塔

相傳李自成敗，脱身爲寺僧，死，其徒野拂瘞之於此，見《澧州志》。

賊以流爲名，豈能亂人世。闖禍極中朝，爾乃乘其敝。競肆滔天凶，依古無比例。破塔夾山陰，荆榛互相翳。云是闖王骨，竄逃髮此剃。傳聞或异詞，不足與深計。獨感明季時，國是常繆戾。督師反畏縮，監軍各蒙蔽。坐令驅除雄，出由鼠盜細。啾啾孤夜鳴，依然自淩厲。嘆息瞻衆峰，浮雲滿空際。

齋中蘭作花和東青韵

山城地僻少花木，常日惟取離騷讀。猶喜崇蘭三兩莖，得從九畹食餘福。回憶去年客長沙，移來一本出岳麓。亂葉紛披不能完，摧殘大半感樵牧。只今秀麥拯民飢，更獲幽香洗吏俗。時繞花間嗅且行，却憐澹懷尚難副。先生真與蘭味同，作歌霏霏雜蘭馥。賞識無人對蘭哦，亦如留芳在深谷。坐覺穠艷春連娟，媚姿冶色非此族。蘭乎同味何易求，幸開士龍西頭屋。

合口

水暖重波渌，山晴積翠明。一輿江上路，終日晝中行。大麥欣將熟，新秧看已生。人家多種柳，不斷有鶯聲。

五日作

去歲田荒皆種麥，只今麥熟浩無涯。適逢佳節人俱樂，遠聽歌聲興自賒。千古臣心留角黍，一年芳事到榴花。此期常得隨休沐，那不相隨向物華。

五十初度

官不必高責所歸，時不必久民所依。國恩汪濊容可幾，年已半百復何祈。古人及此知其非，今我懔懔循墨徽。敢諧於俗如脂韋，室中聚樂花萼菲。稚孫嬉戲牽我衣，我起遥望白雲飛。風來千里林影稀，舉觴難進心自違。城外有山紛四圍，麥收比户皆無飢，且聽歌聲山翠微。

麥收後示邑人

凶歉之餘，得麥接濟，恐邑人不知節省，以幸有秋，作五百字示之。

去年我來初，遭旱成歉凶。汝民苦艱食，自秋乃徂冬。冬及得賑恤，并日食難充。載道多流亡，攀躡荆榛叢。所喜稻田旱，種麥盈田中。連塍亦接壤，旁與山嶺通。今年雨應節，既晴露華濃。麥長熟皆收，滿篝誠已豐。會足一年計，饘粥堪磨舂。聞汝俗輕麥，相率互于喁。恐汝安積習，恐汝貪天功。咨汝急告言，竭我勤拳悰。天行有沴氣，地輿有厄窮。適然值飢饉，連歲深憂忡。曾記去年時，旱魃矜毒雄。稻乾五日内，太息光爞爞。去秋七月二十間得雨，尚可收成，越五日不雨，穗遂乾。坐視不能救，塘涸仍熯風。今年矚秧插，四野紛青葱。洵望稔收遍，場圃觀櫛墉。萬一更無定，此麥當思終。矧彼稻稔收，愁汝官課重。本年租務納，半年期迫匆（每歲仲春開徵，今年以凶荒緩至仲秋，而致期益促矣）。帶徵租旋催，勒限誰寬容？漕運歲有額，罔克逋斗鍾。加之倉貯缺，糴穛滋喧訩。租吏持符出，旦暮追呼從。若或稻無定，莫謂去年同。縱收六七分，官課何易供。灾賑豈常邀，蠲緩豈常逢。即如去年秋，我勞集厥躬。塵土變顔色，漏夜川塗踪。祈求各憲恩，爲汝殫愚忠。圖汝困罷狀，上達蓬萊宫。我皇大發帑，我憲籌至公。户予還口給，帑金皆獲蒙。金賤米似珠，汝情良甚恫。惟賴租蠲緩，少紓汝掊攻。回想始灾罹，我行遇村農。采稗旱田裏，微陽衣上紅。及春見女歸，挑菜携筐籠。倉忙未遑息，延命作朝饔。此物非食物，其奈飢腹空。伊我方入目，悲痛填心胸。我見亟悲痛，可知采者衷。境過益宜念，寧猶踈且慵。無以暫飽飫，遂忘夙瘝痌。防賊逐夕嚴，警戒人所庸。防歉逐年切，蓋藏古所崇。諺有云：『夜夜防賊，年年防歉』。今此麥幸收，節省先彌縫。勿待荐飢至，復嘆哀鳴鴻。

萱草

有草忘憂竹木陰，一枝朝放翠烟沉。香迴寂歷行常見，影落空濛好自尋。憶昔花開初夏滿，承歡日奉北堂深。幾年游子松楸夢，獨對天涯感我心。

觀雨亭池荷初放，招友人賞之

渺然同一色，烟與水周回。何處遠香至，藕花朝始開。風清如欲墮，人澹更無猜。命酒爲相對，同心好共來。

聞蟬

我住梁園萬柳村，柳中蟬噪沸村門。如何正是鄉思切，一兩聲來落照昏。

州城雨

蛟子破山雷電驚，江飛水立倒流傾。已聞數邑重堤漫，無那長空急雨横。積氣連雲昏白晝，怒濤乘□撼高城。昨年灾沴民猶苦，對此翻盆百感生。

題孫大觀察《清漣浄植圖》

洞庭山碧高矗空，洞庭水闊磨青銅。萬千氣象何其雄，仰觀都在方寸中。閑閑坐領玻黎風，藕花露浥香滴紅。有童如鶴鶴如童，以清以馴真意通。想見康濟敷神功，斂入虚無澹不窮。幸奉光儀荷帡幪，欲摹碩膚頌難工，惟祝壽考湖山同。

偕葉少府松橋游水月林木閣即事

曲檻若浮空，衹林一徑通。地來塵境外，人在妙香中。積水消煩暑，疏簾度遠風。凭臨資雅興，尚得與君同。

罷安福事返長沙

渺渺雲烟柳陌頭，片帆開處入新秋。蒼山白水翛然去，兩岸風清一葉舟。

將過蘭澤湖，舟人以舟輕取沙載之，笑而作此

載向湘江干，遺余千古迹。誰言蘭澤沙，不及鬱林石。（下缺）

楚南集八

夏邑　李樹穀

（上缺）

紀之

我生鄉土睢陽人，春祠秋報公有神。碧湘之曲汨羅上，何來廟貌唐忠臣。所稱詞异非典故，英濟威顯王號新。驅魔將軍各震懾，惟黑神名非雅馴。村翁氣屏不敢息，更看泥首階前身。昔余西行至鼇水，黑伏一宫照嶙峋。伏波千載諸蠻服，黑者誰歟牲醴陳。每疑在心莫可問，填胸鬱積消無因。今從題識宿疑釋，南入男兒原絶倫。世間瀆祭幾百億，二氏易稱足怒嗔。獨四公忠古亦少，山野知仰情性真。情性能同稱即异，厥忱上薦風俗淳。楚南習尚願與恕，神其如佑睢陽民。

青岡 巴陵

湖近水烟多，稻收草盈渚。時逢牧鴨人，渺渺隔烟語。

自岳州大風渡江夜泛洞庭至墨山三首

岳陽城北大江横，十丈風濤陣馬聲。所仗平生猶自信，飛空一葉峭帆行。

碧天連水水連天，天水相連入暮烟。極目西南天際下，遠見數點武陵船。

風定波紋如縠動，月生雲影與心閑。朝來喜聽舟人語，照眼蒼嵐到墨山。

十二日由墨山陸行入邑

舍舟上籃輿，宛轉林野間。秋苗被田畝，葱蒨照人顔。道路塵已揚，乏雨爲深患。兹邑前被水，諸垸漫流潺。惟望晚禾收，庶免民食艱。晚禾若復旱，何以拯痌瘝。安得漲雲濕，旦夕生碧山。

又七月十九夜雨

連日雲陰重，凉雨含不落。旱苗正難緩，曠望中心惡。擬即立齋壇，竭誠告冥漠。夜來蕭颯聲，檐際沓然作。側聞擁衾坐，歡情屢踴躍。守土惟此民，歉後民力弱。飢腹猶未充，何堪復凶虐。

先憂蛟水罹，早禾苦漂泊。但祈蒼昊憫，雨澤降時若。水餘補種田，升斗少能穫。薄粥活飢者，無俾慘溝壑。獲兹膏潤流，我民命有托。荒歲微可拯，煩憂轉成樂。聽久如登仙，呼酒起獨酌。

由古驛路赴岳州奉檄入秋闈

緑野蒼山一徑通，吹衣淅淅颯秋風。常從斷簡懷遺愛，不見古松烟雨中。驛路松，岳忠武所植，今無矣。

渡江

前日大風渡江去，怒濤一葦掀舞處。今日風定渡江來，浪花猶蹴飛雲開。古人叱馭羊腸坂，易孝以忠不顧返。伊余往還何所如，倚篷長嘯湖天遠。

湘陰道中望玉笥山作

左徒當日怨維何，聞住此山賦九歌。極目空烟常浩渺，摩天積翠自嵯峨。微陽欲下凉風急，古道重經落葉多。月之七日經此，已逾旬矣。太息騷人今不見，林間寂寞白雲過。

入闈

以文爲選舉，未易與持衡。學術實儒事，人才報國情。如何勤夙夜，尚可慰平生。自念寒窗日，兢兢在此行。

八月九日闈中王太守蓬心先生招食蟹，同張竹泉賦 時太守充内監試官

鎖闈闃寂如空山，試文未入常晝閑。下簾無事歸壁卧，時聞秋雨聲淙潺。仰給官厨米不足，佳味夢想成天慳。朝來食指忽然動，自疑珍饌誰相關。蓬心先生輞川舊，家學六法名世間。得暇舐筆作圖畫，頃刻翠落千烟鬟。行奉起居一以讀，但觀虚宇雲往還。清晨招飲酒澄碧，兩螯照影光斕斑。楚南此物本希罕，矧當深閉求更艱。幾年待乏瀟湘住，欲嘗無自愁莫删。始膺小邑真斗大，洞庭之滸天水環。但思有蟹意已滿，古人高趣爲追攀。那知檄至難自主，惟餘悒怏心病瘝。幸叨先生公所好，持匕欲餐開我顔。同席好友有張籍，洽情略分談諧嫻。妙義罔象珠能索，大言扶桑弓可彎。既飽亦醉各酣暢，何异紫府從仙班。

和鄭雲門先生衡鑒堂見示韵

賞意難逢鬱不舒，坐看花影轉階除。豈關佳製徒來少，只恐粗才到處踈。三復未能飛紙下，十年常憶下帷初。清秋賴有冰壺澈，朗照高懸乞助予。

中秋諸同人闈中對月作

新晴景氣倍澄鮮，共出階除列綺筵。伊古清秋推此夜，照人好月與誰賢。烟霄露下浮埃静，鎖院風來遠漏傳。所感三條紅燭影，更深尚映畫檐邊。

九月十八日舟發長沙

買船阻風濤，城下再經宿。晨起風始定，解維碧湘曲。順流蘭槳輕，秋氣静寒渌。回望蒼翠重，白雲滿岳麓。群山近復遠，雲中互起伏。在公事常勞，守土憂易觸。即此行役間，悠然意已足。

晚泊同張雪樵飲舟中

喜得同江幾日程，住船杯酒話平生。何知一夕瀟湘月，不了他年離別情。

舟行將過蘭澤，與張雪樵別，兼寄沈繡甫安鄉

挂帆三日偕，一棹秋江深。偶泊即相覓，傾談洽此心。詰朝判所向，將去重沉吟。君溯澧水源，我往洞庭陰。昔爲苔同岑，今爲鳥异林。雪樵宰永定，余理安福，時俱屬澧。西望渺烟水，伊人鳴古琴。君過願寄訊，珍重遥華音。夙好成曠隔，地近不能尋。守邑共灾患，何以貺我箴。華邑與安鄉六月皆被水。言罷各解纜，落葉風蕭森。

錢將軍齊獲觀御製鐵券歌恭和

聞昔射潮潮避塘，老蛟深匿天吴藏。萬弩如雨海波赤，剸截不用誇干將。壯懷似此復誰敵，持十四州屬之唐。下視巢鋹等虱豸，况容劉董爲猘狂。鑄券褒功實弗忝，遷台歷汴重來杭。閲年千百仍世守，也同自失忠悃長。輝煌更獲錫聖藻，昭垂憶禩終無忘。陌上花開尺書好，可緩緩歸烟水方。豈惟英概軼衆杰，名高异姓成真王。衹今對券想風烈，慎初護末洵甚良。所重一心篤臣節，常使遺物皆馨薌。何當片鐵勝珍貝，時瞻虹氣流寵光。

十月十一日子世昌病殁，情不能已，爲絶句哭之

爾生我已年三十，得晚常時舐犢如。每向高堂嬉戲處，呀呀學語授經書。時先慈年已高，每俾嬉戲以爲娱樂。庚寅冬憶髮垂青，立上薰籠僅五齡。爾姊顛連俱疹疫，月餘隨我外居停。爾年十五我都門，隔歲南行一過存。顧爾書堂形弱甚，幾番愁緒亂心魂。甲辰四月爾南來，有室相宜數舉杯。寓館長沙猶自樂，只今曾記笑顔開。代庖九月安陵去，冬仲丁添鳳一毛。喜爾生兒能獨早，醉看佳氣四山高。余從昆弟率三十舉子。歲除一病死生間，已分長沙不得還。好爾瀕危行復起，常知命在亦如閑。自此清癯遂不支，一年漊水繫幽思。習勞命爾東亭射，箭到垂楊落幾枝。今歲容城方進署，檄來我入鎖闈中。歸期兩月驚羸卧，瘧後延綿二豎攻。臨床一見幸如何，千里遠離路已多。誰道岳陽三日隔，恨深深似洞庭波。殁時余往岳陽回至中途。高堂舉爾生曾見，以壽爲名七十三。時先慈七十三歲矣。今日泉臺逢大母，細將我况説湖南。爾子天資當勝爾，他年長養定能成。再周雖小毋遺憾，我在何殊爾尚生。前歲爾兄來訊我，荆南半道慘淪亡。余有《哭侄用溥》五言古一章。而今又下西河泪，老去何堪百痛傷。平生不解事持籌，得爾年來可代謀。爾伯慟深謂用溥諸弟幼，何人此後與分憂？吾鄉歲歉苦摧殘，幸爾從吾免受難。不道彭殤皆有數，也同飢疫使人嘆。時聞吾郡多飢疫死者。此身許國難私已，日以簿書暫解悲。最是悲來情莫解，公餘獨坐夜醒時。

十一月二十七夜雪

不住聲蕭條，卧聞夜自宿。忽見窗户明，踈寒集虚屋。動息更復嚴，我心清且獨。晨起一以看，積雪滿庭竹。兹邑洞庭北，氣同北方肅。遥遥雲際山，冷然照人目。所念衣褐無，何堪在深谷？

咏懷古迹十三首

余至華容，周覽山川形勝。凡遇古迹，思其法戒。流連久之，遂有咏懷之作。欲邑人知余意，不惟靖盧墨山，事涉荒唐。即寶慈觀，著名古今。以佛刹無與民彝，不與焉至。關前將軍事大忠、釋國賊，理所必無。且正史弗書，可勿論矣。共得十三首。

章華臺

《通志》載章華臺有二：一在荆州城外之沙市，一在建利東北。此地亂山遠水，宿莽荒烟，可知其誣矣。臺爲宋乾道間重築，邑乘云。

楚靈汰侈成此臺，諸侯落之方軌來。祈招止心心不止，祇宫清燕何有哉？今記章華非一處，相争名勝從蒿萊。聖后所至足珍惜，游觀常爲民事開。此臺貽戒正須泯，安能附會滋疑猜？或淪湖水没泥滓，或圮風雨隨飛埃。伊誰百世欲修復，墳典未讀良可哀！

細腰宫

相傳在章華臺之側，址已無存。而諸書載之臺不可信，何况此宫？觀洲渚之間，燕趙蛾眉飛樓百尺地，亦有難者焉。

空聞餓死欲求憐，不那離宫此地傳。太息夭斜楊柳影，無端學向夕陽前。

伏波祠

團山於洞庭湖水烟之中，巋然聳翠。上有伏波祠倒影湖光。廟食其間，將勝少游平生時語也。

丹碧照崇阿，空濛積霧多。不知西里水，何似洞庭波。故曲傳漁笛，居人薦踏歌。威靈如鎮伏，亦得少婆娑。

驛路松

岳忠武王所植，劉忠宣公嘗賦七律一章。今無矣，思維王德，感慨係之。

我王興蕩陰，爲我同里人。千古惟一忠，天下感精純。顧兹雪霜幹，平生心所親。及華植驛路，行者庇至仁。憶昔殲巨寇，小圖算彌神。數歲滔天惡，八日如掃塵。我來古驛路，一行一逡巡。不見烟雨中，蒼翠凌秋旻。嘗誦東山作，相擬誠等倫。擬之武侯柏，愛惜情乃真。誰歟忍翦代，蚩頑弗崇珍。洞庭水浩渺，其山更嶙峋。高深想王澤，宇宙無涯垠。墓門向南枝，肅然動秀民。此松遽殘落，川原莽蕪榛。大功豈可忘，明德豈能淪。低徊驛路間，悵悵何復陳。

食成臺

岳忠武王征湖寇，築以貯糧者，終食而成，故名。亦可想見王之忠，而士用命矣。

戰迹湖烟空，荒臺草蕭瑟。只餘忠國心，常照臺前日。

岳城

舊志載：岳城、穆城、湖城，相去各四十里。皆岳忠武王征湖寇時築，蓋營壘也。岳城王祠在焉。

陣雲長護古城高，不住回風激怒號。野草連空圍壁壘，陰天入夜響弓刀。圖期八日先成算，國立九朝本此勞。廟貌於今光照處，大湖猶自起波濤。

穆城

忠武易謚在宋時，城之名蓋仍其舊，此世俗之流失也。

古城相望接南山，城下湖烟自往還。忠武易名昭日月，猶留初謚洞庭間。

湖城

見舊志新志，别以二郎城係之。考方臺山下有三郎城，湖寇所築，非此城也。

依湖訪故城，盡日水烟横。壘接師增壯，心離寇易平。風濤皆作氣，邑里不知兵。耕畝相傳説，難爲覽古情。

功畢城

城以岳忠武王平湖寇得名。舊志云：蕭城俗稱功畢城。或蕭城之舊，而王資之，則蕭城不足言矣。

袖中小圖定八日，港中輪舟不能出。颯然入壘驚何神，半壁城留功已畢。忠武大忠人所知，忠武厥功人未思。南宋偏安豈遽得，先除内患功畢時。岳城穆城四十里，食成臺矗接城起。正史難詳遺迹存，至今光照洞庭水。城下水多王草生，水落旗卷風吹聲。向南有枝紀英爽，對此益深千古情。

王草

緜城湖在鼎山下，岳忠武王破湖寇，用亂草礙其舟輪處。水中生草，形即肖之。

激輪舟若鶩，習水製原工。亂草何容易，渠凶已困窮。一心成妙用，微物見餘忠。映照斜陽下，猶疑戰血紅。

此與卷旗草不同古迹，然皆王之所留遺也，故附焉。

卷旗草

亦産緜成湖。每湖水暴長，生水中。及水退，卓立地上，如卷旗狀，亦异矣！余初聞羅澧州坤言：『華容有卷旗花，以岳忠武王得名。』閲《岳陽志》亦載。至華詢吏人，皆不知。以士夫必知之，及見劉，别駕德尊云：『有之，而不獲其詳。』别駕，東山人也。後與傅孝廉信榮語，乃悉孝廉居湖上，習見之。郡志云：湖賊楊么既破兵，皆散卷旗插野。後遍地生花如卷旗之狀，蓋傳聞异詞。傅孝廉親睹爲確，且有上插旗、下插旗二里名。自當屬忠武王插旗作疑兵處，所謂曳柴敗荆，采樵致絞，貴謀定也。不然敗寇何靈而能有此乎？

絲成湖接洞庭水，水漲草生碧波底。漲退草出三尺强，一葉如旗卷陣裏。當時盡忠惟此心，插旗上下氣成壘。賊殲旗卷心長留，化爲旗影猶怒指。我行湖頭訪舊迹，此草招摇亂雲委。千年大忠那可追？溢目草色照烟紫。珍重以物原以人，古來幾何得相比？書册但紀枝向南，士民各念名傳里。獨此草生世無聞，伊我獲觀感復喜。日落湖深誰與從，草聲蕭颯天風起。

插旗里

上插旗，下插旗，瀕湖二里名，蓋岳忠武王插旗爲疑兵之處。而邑志不載，何哉？

謀定在先是夙論，旌旗遍插野雲屯。只今惟見湖中草，葉葉招摇到里門。

以上九首皆宋岳忠武王遺迹，英爽留餘，及於物産，洵足尚矣！而邑志載甚略，余訪之士夫乃得其詳。夫忠孝臣子，所當各盡也。景行行止，自長言係之，何容已乎？

東山草堂

東山草堂者，劉大司馬忠宣公雲卧之所。公在勝國一代名臣，其歸也，空同作歌以送。空同此篇爲集中不朽之作，此堂亦與千古矣！惟吾郡數年河患，民凋弊極。余因此堂有不能已於情者。

御榻當年畫密謀，歸心已結草堂幽。曾聞揭帖辭私進，最有疏河治上流。撲壁雲烟常似昔，怡人竹木幾經秋。我來得讀遺文字。余詢公嗣孫，獲讀東山西行諸稿。不异追從杖履游。

右十三首，計五古一、七古三、五律三、七律二、五絶一、七絶三。隨地爲之，伫與而成，皆性情所至，非流連光景也。中感岳忠武王遺迹，共得九首。適西堂落成，因書壁間，名曰懷忠堂。乾隆五十二年二月東川書。

大雪三日不止，對之作歌

涷雲積空烟景森，朔風烈烈踈寒侵。雪片飛落大於席，三日不止平階深。我來楚南六經臘，逢雪珍重雙南金。霏微半下即成雨，潔輝難見矧希音。容城北出洞庭北，洞庭水氣天常陰。喜得盈尺堆階際，動我鄉夢復沉吟。更勝我鄉助清興，四山環照明衣襟。兹邑昨歲苦乾旱，歲中江漲民竃沉。慨余晚到那能弭，强坐催科如毡針。從知有雪足消沴，依古言之傳至今。但求新歲沴皆息，年豐比户樂無任。獨對浮空四山滿，欣然命酒歡我心。

雪後同友人西樓眺望

雪餘清興發，登眺集城端。隨處滿林壑，邈然來暮寒。遥空兼水闊，積凍與雲殘。千古西樓勝，相將此倚闌。

早春東山道上望諸峰殘雪丁未

寒色集輿中，照人森有光。却觀積翠陰，殘雪相與長。心清景亦潔，愛之意俱忘。此時始春及，微風吹我裳。何處暗飛來，澹澹梅花香。

赴巴陵道中作

洞庭湖上行，湖氣不分明。路濕夕陽下，時聞春雁聲。人家多倚竹，網户晾初晴。此日容閑放，悠悠動遠情。

兒子世昌櫬歸里，爲此祖之

魂不之惟歸里妥，而翁送爾一潸然。去依大父松楸下，早得承顔念爾賢。

憂雨

入耳皆愁聲，凄凄雨不歇。連朝復浹旬，正此二三月。去歲諸垸中，堤決稻全没。經冬鮮食民，延命賴薇蕨。自余守土來，廑念敢容忽。天心果伊何，民命將顛越。悵望長空間，陰雲慘鬱勃。

祈晴

雨多麥將傷，祈晴何可稽。壇設祝神聽，神降心無暌。前年此遇旱，余遠常爲凄。去年復被水，余至聞飢啼。倚賴惟壟麥，潦溢盈春畦。彼衆原自蚩，有愆恕其迷。宰官彼父母，知識非所齊。祈免彼灾患，罪在余訶詆。洞庭水波闊，怪物多竄栖。風雷或肆孽，噴薄蛟與鯢。治之望神力，哀哀此窮黎。

上巳雨是日穀雨

不堪蕭瑟碎聲懸，上巳相逢穀雨天。正是祈晴將患水，矧當灾户久無烟。去歲垸中被水。彼蒼何意原難問，佳節感人倍可憐。那及年時風雪甚，湖頭獨繫木蘭船。去歲上巳阻風雪蘭澤湖口。

喜晴

侵曉檐鵲歡，晴光射虚壁。起來向遠空，濃翠山影積。坑民前被灾，生命寄春麥。三日復陰雨，飢餓在朝夕。壇祀祈告虔，不敢自珍惜。幸獲天神憐，彼民免困厄。階前春草生，新景一何適。懌然相對間，煩襟忽已釋。

即事

宿雨初晴樂意賒，開尊獨酌鳥聲嘩。可憐芳事山城減，始見長春第一花。

治之庭側有小株樹，人皆莫知其名，三月作花，蓋玉蕊也，感而賦之

洞庭之北湖接城，城僻稀見雜花明。晨起縹渺濸香裛，階前玉蕊初含英。殊品等閑出意外，然疑不定還自驚。厥植依古極珍惜，于揚于楚各聲名。瓊花或言尚假借，其他未足容譏評。聞説寰中只有二，得今而三可與京。誰歟玉妃誰玉女，惟合揚楚同一情。天上异種識原少，肯偕凡卉紛相争。大德知希固若此，世人弗諳亦平平。我至兹邑忽半載，佳芳難遇愁每生。豈謂仙根在庭際，夢思莫到心爲傾。對久仿佛宿霏内，有姝簪珮來盈盈。玉峰何處囊日約，纖塵微動擁風輕。

更好聯綿黯陰雨，詰朝空碧新放晴。手拈幾絲數且嗅，餘芬遠襲春烟横。

齋前種花木，各以絶句係之十一首

余起西堂，庭際赤如，爲購竹木雜花，種之各係以絶句，得十一首。

檜

古幹森紆盤，常含冷烟碧。何期管幼安，慻與數晨夕。

梔子

色淡影逾閑，心清得深致。虚堂燕寢餘，時有妙香至。

木蓮

左徒昔涉江，落影未相待。豈意芙蓉花，真從木末采。

菊

種菊依階除，風清菊苗冷。畦間照翠蒼，杳杳南山影。

山丹

庭閑餘澹烟，鳴鳥互相答。省事花自開，一枝紅百合。

秋葵

秋葵真我花，其致踈以散。所有心傾丹，時時瀝厥款。

燕支花

燕支花有香，茉莉乃衣紫。人静夜堂深，遠芳來不已。

鷄冠

余豈闞波羅，秋風愛此色。一呼洗手花，鄉感渺何極。

蕉

西院有芭蕉，如天緑未遥。每逢風雨夜，倚枕聽瀟瀟。

玉蕊花

東院唐昌花，青春照素影。香霏縹緲來，我亦入仙境。

蘭

近澧乃無蘭，種之以水墨。常開床榻間，澮此真香色。

赴岳陽

小麥猶青大麥黄，平田水滿稻生秧。近湖村落多楊柳，不了鶯聲到岳陽。

陳林驛在巴陵西六十里，有館舍，余赴岳陽，往還必托宿焉，鮑秋浦重修。顔曰不繫舟，因賦絶句

平生遇岸牽船住，此日隨波解纜浮。只似東川新泛宅，時來一榻夢滄洲。

渡赤沙湖

赤沙連洞庭，浩蕩千里色。挂帆入空闊，一碧與天極。魚鼉互隱見，鮫螭各栖息。當日僧法和，揮兵此破賊。彼氣安有龍，誕詞久相惑。刹標今不存，淵草暮烟織。

野泊

大澤維孤纜，烟昏水氣高。驕鯢隨震宕，暮夜起風濤。伏枕難成寐，安心豈恤勞。何當鷗鷺宿，世外澹相遭。

自景港經赤沙循洞庭回邑三首

半壁南山入畫圖，赤沙湖静練平鋪。驚濤不至蘭舟穩，一枕華胥過九都。里名。

赤沙湖接洞庭涯，風正帆懸暢好懷。却看明山浮碧下，水精盤里照紅崖。

縣河轉入浪逾平，兩岸人家笑語聲。明月滿船光照水，上燈時候到東城。

四月二十四日雨

遥遥田鼓聲，戽灌增人愁。隱隱南山雷，飛雨消我憂。兹邑三年來，旱澇飢已調。今此少收麥，未足終歲謀。及時一犁滿，可以期有秋。却看湖氣上，雲濤拍天浮。四山積濃翠，白雨相挾流。對久自怡悦，暢然何復求。

五月中湖水大漲將復爲灾感賦

一夕難成寐，風聲起獨聽。巡檐常悒悒，照鬢已星星。閲日憂湖漲，何時報水停？圻田聞又失，欲上問蒼冥。時圻多淹没。

水停

聞停湖水漲，忽已失煩愁。日影連階静，花香入座幽。爲圻營補種，視堰董加修。但免年時患，高歌問酒籌。

水又大至，出行視各堤

洞庭千里波，南望蹴空翠。峨眉積雪水，北望連雲至。濺沫城市中，雨飛白日閟。短堤蟻封垤，重濤一何肆。圻田没水深，民垸亦多墜。僅此官堤憑，居民賴以備。前年旱成灾，去年水復累。嗷嗷垸内人，堤傾命安避？駭浪殷雷聲，涓漏衆流潰。爲爾董工修，身先督疲吏。爲爾祈明神，刑牲熱血委。沾污盈衣裳，焉敢告勞瘁。

湖城

湖城漲退喜民安，茗煮君山小月團。更好峨眉清雪水，遥分一半與粗官。荆江水發，波及華容，東坡所謂『半是峨眉雪水』者。。

堤内

堤外波猶深，日夕心爲虞。堤内金鼓聲，戽水衣汗濡。水旱交相迫，此中一時俱。旱乏浹旬雨，雨期猶可紓。水自他州來，貽害誰之辜？惟求水急退，祈雨傾鄙愚。吾民亦何罪？值兹交迫區。

秋至

西風天末來，颯颯成秋時。節候既更易，衆物亦隨之。衆物難自持，人心不可移。轉以薄凉景，勝彼炎熱期。日落山氣清，湖水澄且漪。雜花晚益香，寓目相爲怡。有收各能樂，田歌聞遠陲。

由六洲放舟至岳陽

一片輕帆挂曉風，遠波無際渺濛濛。山分島嶼疑滄海，水混江湖汩太空。積氣全隨雲夢闊，飛濤益助洞庭雄。岳陽樓下停舟望，萬里烟波杳靄中。

秋日登岳陽樓

飛樓百尺鬱崔巍，正直湖平四望開。遠合江流隨地没，高涵日氣自天迴。千年景色清秋水，一世襟懷濁酒杯。獨倚闌干重矯首，風帆葉葉倚雲來。

秋夕

碧虛無片雲，三五歸城闕。憺此泊然心，開襟向秋月。

鄭山人彈琴歌

世上幾人惟古歡，大羹遺味朝夕餐。希音至琴本無尚，善者良難知亦難。身既由淑性俱理，自反其天神乃完。有如披帙浹心臆，悠然賢聖相游盤。習俗新聲亂正雅，入手多作筝琵彈。急弦促柱媚時耳，何與疏越爲唱嘆。聽君鼓罷意自遠，滿庭秋氣來清寒。

中秋夜出送臧大觀察，月下有感

昨歲闈中對，高談盡所歡。今年原上見，净色照人寒。好景常隨汝，浮踪繫此官。何當初病起，惻惻獨行嘆。

《桃源圖》用昌黎韵

神仙之説誠眇芒，桃源之記非荒唐。一篇寓言出十九，昭示千古何堂堂。且念江左誰氏者，厥祖重造石頭下。平生運甓奚用之？原矢勤勞心不辭。豈意呼盧起市井，不能相借曾若斯。采薇既乏西山室，飲流又非易水日。鐘虡坐觀白晝移，逋播疇望蒼灝恤。聊擬有境皆桃花，山深與世隔烟霞。雖難似祖挽天紀，猶勝安居稱故家。空中結撰佳處所，偶借嬴秦武陵語。設詞内憤外和平，誦讀尋章鮮知主。於今好事俱徒然，含哺鼓腹經歲年。武陵尺土耕鑿遍，津在寧待漁父傳。太平風景多問饋，即謂仙源了無异。濃春雨裹桃花開，漁翁飲醉倚花寐。花間沙鳥飛且鳴，彼漁夢適爲鳥驚。隨地各如畫圖裏，不比當時空寄情。當時漢魏亦奚顧，惟願逃宋遂朝暮。伊余此意或其真，作歌以貽尚論人。

赴澧州

早出城闉氣薄凉，兼天晚稻野雲黄。今年風景頗堪慰，到處田歌入耳長。
中婦携籃摘白棉，小姑分韷笑聲連。三三兩兩秋烟外，樂事如從畫里傳。
圻田被水實堪嗟，水退重耕亦自嘉。不慮居民艱食苦，雪香無際晚蕎花。

過安鄉不見沈繡甫時繡甫以公往桃源

分守如各天，百里殊雨風。因事一相過，中心自怡融。誰知復不值，悵惘何有窮。虛館孤坐久，涼月上空濛。惟此清影下，遥遥與君同。

澧州九日與葉少府索菊花

去年今日客長沙，今日今年澧水涯。欲遣羈懷乞君賜，菊花香裏暫爲家。

對菊

户外烟冥冥，虛館閑且幽。晨興適無事，芳菊静宜秋。影散如高人，香澹不可收。坐念紛冗間，每孤清景流。佇立一長望，隔城空碧浮。於兹得所尚，懌然自夷由。

以公留澧二十餘日，聞東青不能待，余回邑已返里矣，感賦

遠道西風下，不能一送歸。傷心視寒雁，也作斷行飛。

急返省松楸，豈牽離别久。此身爲國家，自效亦何有？

津市舟行至安鄉

江秋净無波，解纜清我心。順流既恬適，坐眺如招尋。紛紛下紅葉，岸古多楓林。林高接空翠，遠含雲氣深。晚暮滴疎雨，凄然篷上音。同好行未歸，孤泊爲沉吟。往還不能見，離情安可任。

時沈繡甫尚未回。

歸自澧州，讀東青九日同友人游石門山之作，時東青行已十日矣，追送不及，感而和韵

聞昔張燕公，絶境眷神構。鴻章手筆攄，巨響鐘吕奏。遂令高尚心，欲往石爲漱。洞庭匯其南，倒影翠光透。大江流其北，如帶環以逅。可想登躡時，烟霞溢襟袖。真見天下觀，無出此山右。我昨澧州回，遥望碧痕瘦。照入肩輿中，依依若相就。夕陽映蔚間，梵刹列前後。積氣縈腰身，秋容净頸脰。上有髻鬟垂，下有跟距漏。猶阻道里長，難溯雲嵐走。已嘆塵土踪，孤彼好岩岫。井渫弗遑食，徒與閑者愁。至止羡塤吹，希音罔克副。却顧眠對床，岑寂闃非舊。何當歸里行，致乃風雨驟。旅禽鳴失群，離緒紛交構。益思同游樂，酣吟競力鬥。重九資興豪，燕公什并茂。太息賢勞獨，不能從賞又。暫家借菊花，余在澧州九日，與葉少府索菊絶句云『欲遣羈懷乞君賜，菊花香裏暫爲家』。

寓館曾誰扣。人生聚散常，亦知似宵晝。年皆耆艾期，一别叢百疚。空起視青蒼，題處景增秀。

歐陽松亭有《游石門山》七律一章，同人皆和韵，余亦繼作

九月九日登高節，以公遠羈無好懷。歸見摛詞絶境遍，爲思躡屐清風偕。盛游落落畫中出，空碧遥遥雲際排。所至經時總一夢，誰如君等幽尋佳。

寒

湖上多高風，朔氣寒益深。江南若江北，栗烈相與侵。兼之湅雨下，濛濛集踈林。葉冰墮階石，琅然鳴玉音。邑民秋稔收，裕食無憂心。衣裘或未具，日暮太蕭森。却聞晚菊香，猶在檐户陰。欲采遺遠道，寂對爲沉吟。清景本難極，聊以黴素襟。

十一月四日雪

窗户夜何明，朔氣嚴已入。布被如凝冰，森森復來襲。朝起開門視，飛雪滿階級。照此床榻間，清光静可裛。四望矗遥翠，素積隔烟立。所憶田原中，麥苗相待急。兆豐諸沴消，居人樂岩邑。對久怡我心，不知峭寒集。

雪止出行至南山

草木冰連積凍明，更經微雪景逾清。山如雲母屏中見，人在水精域裏行。野鶩低依寒渚下，湖村遠與暮烟平。尋常不遇閑公事，那得澄觀一散情。

登明山絶頂望洞庭

明山翠積洞庭邊，穿雲直上明山巔。放眼洞庭一窪水，滔滔無際長接天。若埃若霧渺何許，東南諸邑縈湘烟。參差石菴岸右出，綿亘土壘山左偏。或正或斜各异勢，鴟龜銜曳相鉤連。知是鄂王破賊處，精忠不蝕留千年。岳陽樓古詡勝景，李杜孟皆名句傳。豈如此地剗亦省，水自平鋪心浩然。鄂王大功照宇宙，何僅虚詞綴塵編。從來壯觀五湖埒，境重尤待經人賢。此湖遺有精忠迹，遂令衆湖難比肩。巨浸開闢依邃古，狂楚艷稱雲夢田。只與魚蝦溷泥滓，生死朝夕爲便娟。

洞庭觀打魚歌

山下風帆過如葉，往來徒結魚蝦緣。湖光百劫總依舊，四望混茫真可憐。

洞庭水闊無西東，上下天影澒洞中。曉起開篷一長望，衆漁舟泛若浮空。插竿布陣紛成列，合圍分出看亦别。豈是當年神算餘，貽留運用打魚訣。蛟鼉孽最先遁逃，魚蝦蚩蚩罟網遭。卓午散圍沽酒醉，風來不問層波高。明山脚下三日停，真勝案牘空勞形。此景古人或未見，猶欲補注道元經。人生適意可神往，早暮静觀動遥想。二十四考中令君，何如洞庭一漁長。

涷積

涷積水皆冰，風高朔氣陵。朝來烟鳥静，至後勁寒增。遥翠冷逾峭，寥空陰亦澄。何當相似極，鄉感不能勝。

歸自郡由陳林驛雨行至墨山館舍

飄風吹不極，涷雨滿空蕪。野闊人家少，泥深我僕痡。江聲春岸急，湖氣接雲紓。忽見山如墨，余心爲一娱。

早春赴長沙 戊申

上日開春帆，遠溯湘江涯。放舟出洞庭，水落行泥沙。曾憶七八月，波高上飛霞。鮫鼉肆强横，噴沫雲爲遮。莫言涉歷險，見者爲驚嗟。豈知清淺時，分渚如潦窪。人生得所遇，窮大心每奢。

當其勢已失，顔羞悔始加。蹈虛易盈絀，積實無參差。西湖乃若此，東湖望仍賒。既過近洲岸，香遠聞梅花。

題朱春亭《湘江歸棹圖》

得聚長沙閲五秋，無端楚調起離愁。一帆春雨千條柳，腸斷東風湘水流。執手踟躕落照間，春波浩渺唱刀環。不知後夜相思夢，泊到空江第幾灣。

趙文毅公兕觥歌

趙文毅公用賢爲檢討時，張居正父殁奪情。公與編修吴公中行疏劾之，受廷杖出國門。庶子許公國鐫玉杯贈吴，兕觥贈公。兕觥之銘曰：『文羊一角，其理沉黝。不惜剖心，寧辭碎首。黄流在中，爲君子壽。』公後以授門生黄公端伯。黄公復授門生陳公潛夫。二公俱殉國難。流傳既久，今在曲阜顔衡齋。家翁學使方綱見之，拓其銘，以藏趙者庭。先生過西江，謁學使，語及，并示拓本。先生至南楚，命韡軒購玉杯，往求學使爲銘，隸書刻其上，以贈衡齋，并乞文以易兕觥。學使皆如請，且作《兕觥歸趙歌》。余與韡軒交善，因而賦之。

丹赤燭天星日光，口澤沾物物流香。文羊之角本沉黝，銘詞深刻何炳煌。銘刻二十有四字，剖心碎首三致意。文穆誼高文毅忠，兩公節概一觥寄。此觥此銘幾百年，大書特書竹帛傳。平生讀史至流涕，忽不自知中慨然。昔當上相竟忘孝，父死奪情誰敢校？公起文學侍從班，草疏岳岳著名教。疏陳予杖出國門，血裹朝衣烟雨昏。廷內諸僚盡破膽，道旁觀者餘泪痕。何人曾不爲威惕？庶子挺持義奮激。刻銘珍重獨贈行，那懼柄臣見排擊！花開花落水東流，論定歸來忠悃酬。此觥却授門下士，皆矢以忠無或羞。歲久代湮數移主，終藏顔氏信好古。覃溪學使睹觥銘，拓本裝成异芬吐。公有元孫者庭翁，假道西江學使逢。語問詢及示拓本，翁也感泣如弗容。是夕泊舟滕王閣，春空濁浪秋風惡。翁惟念觥極孝思，遑恤夜黑驚濤落。韡軒吾友志是養，矧兼祖器注遐想。琢玉爲觥亦刻銘，并求學使文同往。翁親川路炎暑餘，學使心惻鴻藻攄。千里關河積誠接，務俾此觥還故盧。余與韡軒洽臭味，政聲南楚溢耳沸。適聞勝事非尋常，公有象賢翁益慰。同時尚有一玉杯，延陵守否猶疑猜。此觥前題經竹垞，用賴孝孫得重回。此觥既回告公廟，翁孝絶俗韡軒肖。更祈拓本畀余愚，長仰孝忠迭相照。

二月七日湘陰道中

北風四山來，栗烈如嚴冬。白雲凍不飛，上下苔徑封。肩輿在其内，穿過經重重。野梅正復發，香氣一何濃！日西僕夫困，聊用蕩煩胸。佳境自行役，悠悠誰與從？

二月十三日由岳州歸，聞大女訃，爲此哭之五首

汝祖生存惟見汝，抱來堂下日摩挲。祖捐館舍才三歲，已看呱呱涕泪多。

汝長十三從祖母，寒暄晝夜八年中。不堪内顧艱難處，得慰憂心念汝功。

我來南楚經門外，入見匆匆道别間。慷慨相期家事了，不將痴泪涴離顔。余無居，止欲買基爲營室計，女曰：『何必蓋？』深有感也。

賢聲井里有同詞，汝婿病餘賴汝支。慟汝只今得瞑否，八齡弱女十齡兒。

此際泉臺逢汝弟，見王父母自歡心。何知老泪春江上，又向鄉關日夕深。

題彭春圃《瓊海挂帆圖》

海天萬里波漲空，海南有州波之中。刺史初入正英發，高張一葉乘利風。此海古惟東坡渡，大忠

遠謫比遺戍。君今持節榮寵光，古而可作或相慕。伊我春正到長沙，蕭條春雨日無涯。自笑依然歲寒士，閉關卓午經放衙。感君道過肯下訪，促膝話舊我情爽。却言畫粥與公車，筆硯常同十年往。如君得志能進身，珠犀滿舟烟景新。嘆我布茵半殘破，仍帶當時同事塵。示我此圖索題字，汩没混茫若親至。君足嘯傲豪且雄，我視浮漚總兒戲。感君勇退當急流，歸營金谷何優游。所羡錦衣堂下彩，樂勝真仙海上洲。我顧才踈守拙耳，訟庭寂寞心獨喜。隨宜即落宦海帆，牽船住岸亦休矣！

聞臺灣大捷和韵

敵愾天威海不驚，敢勞廟略與經營。百靈潛護三更渡，萬竈遥屯一戰平。丞相膚功原累世，福中堂爲忠勇公季子。將軍賈勇足長城。謂梅公。紅旗最喜隨春入，處處花開奏凱聲。

西堂即事

古槐初引倚東風，山鳥飛來景氣融。雲夢烟容浮榻上，洞庭波影落杯中。春蘭欲放幽何極，宿雨新晴爽自通。更好晨朝游目處，照人蒼翠滿遥空。

示書院肄業諸子

聖賢戒俗學，君子崇德音。華詞易誤人，行誼無古今。初服不自苟，艱巨終能任。所以好修士，處女相爲箴。起家致台輔，依然守素襟。儲水期有源，浩浩江河深。植材期有本，落落千丈林。讀書求其實，虹氣徵國琛。忠宣歸草堂，貽式皆玉金。景光去如駛，須惜分刌陰。前帶洞庭波，後被元石岑。异時大器出，功名寰海欽。業成各珍重，慰我平生心。

野人送春菜

芽香早送滿盤新，厚意殷勤見愛真。自愧粗才無善政，何當比户似家人。松楸夢遠三更雨，菽水情深二月春。一望孤云思嗜好，凄然對此泪盈巾。

静夜

静夜床榻明，廣庭月滿地。寂寞崇蘭花，香清入夢寐。倚枕群動息，時有薄寒至。何處歌聲聞？歲豐樂吾意。懷故不能忘，渺渺深所寄。

三月十六日赴澧州雨中即事

春深冒雨行，出郭野雲横。小麥兼天秀，平田得水耕。喜聞村舍裏，不住讀書聲。即此豐年景，欣欣慰我情。

滙口作

籃輿行野田，春雪集飛絮。香深湖豆花，相續盡何處。新晴風景佳，隨目愜吾慮。天外有浮雲，渺渺任來去。

葉松橋少府齋舍蘭花

由來澧水幽蘭地，我至高齋澹與遭。爲與主人具清酒，一樽相對讀離騷。

與沈繡甫過津市飲葉别駕鳳亭齋舍，晚放舟，詰旦至安鄉

津市當時觀打魚，信陽長句杜陵如。今日偕至一憑眺，留飲得人懷抱抒。迷離暮影雨始住，飲罷放舟復同去。明到安鄉首重回，遠山猶念解維處。

往白沙行水田塍上即事有作

水田徑何仄，折轉危且紆。寬廣不盈尺，尋丈立崎嶇。竹輿行其上，欹側良可虞。僕夫亦已瘁，一步一踟蹰。輿内惴惴心，冰淵曾莫殊。人生值坦易，情放愆每俱。亮能日如此，將與賢聖徒。田中大麥熟，耞板聞村隅。有收我民阜，既懼仍爲娱。

早歸

麥黄秧緑曉鶯聲，渺渺川原雨始晴。一路花香烟外出，四圍山翠畫中行。新耕滿野聞田水，灌木參天擁縣城。逐日塵勞良自俗，閑心少慰此時情。

久不得蘇惠坡、何小山消息

八載賦離居，心同景已虚。如何千里别，不見一行書。雲夢野烟遠，洞庭春水餘。思深天末望，渺渺正愁予。

渡江

江水平如掌，湖光净似秋。夕陽帆一葉，直指岳陽樓。

夜行湘陰道中

燃炬行中宵，徑古幽林深。風激崖欲墜，雲昏天復陰。怪石鬥山鬼，離立如相尋。此時一輿内，憺此平生心。險夷各有所，性定皆可任。遥遥見燈火，何處鐘魚音。

至長沙買舟泊城下三宿，由水路歸

長沙城下三日泊，驚風吹雨白浪惡。雨過風息江淼然，紛紛霞彩船頭落。陰晴變滅行皆空，朝將回邑清我衷。挂帆却望泊船處，岳麓山翠烟杳濛。

五月十一日，沅江舟中，余初度辰也，感賦

離騷景色古沅湘，一葉隨波入渺茫。不那流光觀去水，何堪難日念高堂。臣心匪石原難轉，世事浮雲任自長。正是川原新雨後，隔江芳草遠飛香。

晚泊

洞庭湖北水清泠，蘭澤湖西月窅冥。月下停舟望天外，遠峰無際落空青。

五月十五日往塔市山行

石門山之東，元石山之西。一道行中間，兩山高復低。濛濛盡積翠，道曲人爲迷。忽然兩山合，道上浮雲齊。登躡入雲内，雲氣霏以凄。下視所來磴，蒼茫不可稽。半空出梵宇，僧古同鶴栖。大江若衣帶，明滅迴烟畦。下山及林薄，夕陽聞鳥啼。

歸自郡城，二十六日雨中由墨山至邑

山雲出如烟，雲白山益蒼。積多山復匿，惟見雲茫茫。其中挾飛雨，飄灑山路長。此時正行役，欲息猶未遑。心怡炎熱散，盛夏一何凉。雲開至城郭，山氣浮清光。

二十八日由安鄉赴龍陽

洞庭盛風波，爲假孱陵路。雨下泥復深，買舟問前渡。洲圻盡汩没，何處來飛鷺。空水一蒼茫，寥闊海天暮。榜人嚮亦迷，杳濛識烟樹。豈敢稱賢勞，黽勉成厥務。

自龍陽回舟行夜遇風

大江蛟水來，時溆浦有蛟患。浩浩天一色。榜人利順流，深夜猶未息。忽聞陣馬聲，雨氣挾風力。驚濤拍空起，雲盛更昏黑。如葉飄蕩間，上下欹復仄。亟亟效王事，此身久許國。危險何易經，理定有真得。及岸舟能維，樂意從何識。

歸舟即事

雲陰積晦黯平空，解纜洪流任遠風。一片帆懸天杳杳，四圍水漫雨濛濛。圻田有稼重波下，野屋如舟激浪中。可嘆居民貧苦極，又遭凶歉幾年同。圻民被水患經數年矣。

有感

長風千萬里，十丈擁湖波。伫見高堤漫，河東及合工諸垸一時俱没。其如赤子何。他州遺患害，有歲受消磨。自感朝來鏡，空添白髮多。

紀水六十韵

維五十三年，六月哉生魄。洞庭水亟漲，景昏波閤闢。遥接天爲涯，我時正行役。以公往龍陽。挂帆歸邑城，九舍才一夕。歸視垸堤憂，不没僅盈尺。湖水日以長，惡風日以逆。臨湖各垸低，漂漫早罹厄。何知造物意，弗畀我民惜。刑牲祈水停，血濺水争劃。數定權可持，浪駭且增益。鼎沸觀浹旬，雨霖復昔昔。堤濡危欲崩，久漬漏成脉。通宵董諸吏，交護走狼籍。伐木紛枝柯，屬薪及敝簀。事遽忘瘁辛，食廢見容瘠。直北大江流，其聲更轟赫。十丈飛怒濤，上連濕雲積。下壓湖水衝，背城騁鬥格。江湖兩披猖，湍激孰主客。奔騰音兆馳，噴薄雷霆擘。安得虓虎衆，齊發萬弩射。濺沫層城巔，蛟鼉任逼迫。綿亘七都嶺，倒溢豈鰲擲。堤俯如建瓴，水高汨阡陌。雉堞繫估舟，城中櫓鳴嘖。我民浩蕩間，呼號我心刺。勿言禾稻盡，性命暫能獲。婦子陟譙隍，結廬蓋薦席。夜宿烟露侵，朝興炎暑炙。只餘我官舍，尚未委潮汐。我民俱失所，寧容或空隙。訟庭羅臼竈，患難兹同宅。撈取水内禾，散曝四充斥。炊煮聊共延，糠秕自批摘。我行眺原野，彌望茫茫白。誰云江與湖，溟海絶曠隔。拳石東南山，遠浮照青碧。却思初下車，丙午亦大水。水退猶留迹。節遲天氣和，補種廛餘策。冬春民食艱，已難謝我責。昨歲水仍汹，垸堤幸靡坼。外圻兼外洲，水落地全赤。今春蘄有收，良苗遍菜麥。那堪陰晦多，數畝無半石。皆冀在秋成，飢餓免太劇。其奈彼江湖，遺害罔攸斁。父老向我陳，此水异常額。童晬曾罕聞，衰齒經近百。再朔深莫減，我衆將焉適？我聽父老詞，泪注手重戟。長嘆語父老，我憲大恩澤。圖形告我憲，賑恤具名册。抽簡傾我誠，含毫屢踧踖。滿目顛苦狀，疇忍避呵謪。民急情愈匆，書字遺點畫。草成質非文，蒼黄付郵驛。伫俟我皇仁，我民病可釋。春秋謹灾眚，特筆寓幽賾。受牧必求芻，守土當尋繹。厥灾古今稀，紀之貽竹帛。

迎謁郭大總藩往安鄉

甸宣行恤典，冒暑泛湖來。上謁求先賑，觀鄰憫共灾。輕帆平野出，遠水極天開。慘目居民屋，猶然駭浪隈。

郡城觀緬甸貢使，用東坡《職貢圖》韵

我皇化格天南邦，朝宗亦如漢與江。服同苗洞非奇龐，心愾不敢作湍瀧。异珍群象牽復扛，裸身豈知擁麾幢。况瞻五户開八窗，若再爲圖古皆降。此人職貢無有雙。

秋日岳陽樓同錢中齋、鮑秋浦、黄虚谷侍臧大觀察圖，大郡憲宴集

百尺樓高俯洞庭，筵開棨戟暫時停。望中秋水連天白，闌外君山入座青。澄抱憲司真後樂，洽情寮友各忘形。好將勝會貽來者，爲續道元再注經。

自墨山舍舟陸行回邑途間作

狂瀾飛不到，依舊樂豐年。笑對山如畫，何來此洞天？風塵亮已勞，斜日未能息。却見白鷗飛，杳然去何極。

中秋對月

庭皋月上遠聞歌，瞻望長空早雁過。萬里晴惟今夜勝，一尊人憶昔時多。乘除世事原無已，俯仰流光可若何。最感鄉關同賞處，徘徊獨見照簾波。

十六夜赴郡舟中對月，用前韵

佳月凉天一放歌，蘇公令節得重過。『凉天佳月』即中秋東坡語。中秋隔夜天如舊，佳月滿湖景更多。

元石山高堪畫取，洞庭葉下奈秋何。人生適意隨行好，静看清光湛碧波。

王翰之至兼懷統之、文之、家兄東青

三之二樹動名流。余與東青及翰之昆季，時人有『李家二樹，王氏三之』之目。記得青春結勝游。一自分行梁苑雪，幾年相憶武昌樓。仙人臺閣京華夢，客路風花芳杜洲。木葉蕭然重話舊，好來同醉洞庭秋。

題王統之山水小幅

昔日同游浹性情，今從畫裏見平生。猶疑一夕相思夢，携手山陰道上行。時統之官浙。

九日王翰之欲登南山望洞庭，風雨，不果，爲賦此篇

九月九日北風凉，雲昏雨濕天茫茫。髯也先切登高念，欲覽洞庭烟水長。滿望胸襟一以蕩，雲夢八九爲相羊。解道磨難由好事，出行不能中慨慷。人生遭遇每如此，忽晴忽陰亦平常。失意則憂得意樂，偏若有心殊等量。去年九日羈澧上，哲兄雅游未隨行。歸來感别視斷雁，大篇雖和深我傷。今年同心適遥止，正思佳節歡無央。復來風雨成蕭瑟，浹曉經夕極飄揚。洞庭咫尺那可到，空見遠山浮翠蒼。

王翰之欲望洞庭不果，因爲圖以補之，用前韵題其上

夫何一室秋水凉，洞庭波起接混茫。山上二人立且望，一人多髯一頎長。惟髯九日阻清興，腸迴有似離群羊。惟余對雨參游戲，坐令慨者爲當慷。舐筆聊學五色石，能補缺陷歸等常。卧游更視泛游勝，芥蒂吞若從衡量。涵虚千里在眼底，只少寒雁三兩行。自昔踪迹好離别，雲龍之喻徒可傷。何如此幅水雲滿，二人相共雲中央。終古隨展總同覽，那憂風雨自飛揚。吴淞半江奚足道，大湖凝碧天蒼蒼。

洞庭湖觀日出，同王翰之賦

洞庭水汩與天一，萬里溟海眼前出。等閑白晝看跳丸，誰見鷄鳴上初日。忽然光發連碧空，火輪涌起大波中。銅鉦秋橘那可比，燭龍戲吐頷珠紅。泰岱有峰惜未到，登高臨下景應妙。兹從水面平對間，轉意登高不足道。停舟觀者復同心，八九雲夢胸内深。觀罷風來挂帆去，相欣奇賞成古今。

九月二十三日舟中同王翰之談往事

葉下洞庭白雁秋，少年三五費追求。何知一棹瀟湘水，重話睢陽舊酒樓。

自長沙往澧州舟中獨酌

余以二十五日抵長沙，二十六日以公往澧。王翰之留長沙

又往有蘭州，孤帆溯遠流。起來一尊酒，獨對大江秋。

葉少府松橋齋舍菊花

崇蘭初放曾相共，踈菊未殘又得同。正似秋鴻與春燕，一年迎送此齋中。

安鄉道中

六月乘舟處，今行一徑賒。烟林秋不落，水草晚猶花。補種圻田坼，經漂板屋斜。相將鄰已守，曠望幾長嗟。

送别王翰之

秋雨蕭瑟連洞庭，水波收潦山鬱青。有客來游暮揚舲，期不能信愁所經。繽紛難見如雲靈，仿佛參差吹且聽。猶屬要渺建芳馨，告余歸去何可停。離憂在目中弗寧，天遠無極烟冥冥。

同友人泛西湖在西城下

邑亦有西湖，如鑒將十里。炎夏多藕花，秋來盛烟水。藕開余未暇，天寒得至止。一舟載清醪，相與觀漁美。今歲民被灾，食艱念不已。却賴漁爲生，雲集網聲起。餘杭傳景佳，所樂佚游耳。何似此湖中，能資吾赤子。平遠山凝碧，光迴夕陽紫。對之杯再傾，歸棹心猶喜。

至後盆蘭忽擢一莖，喜而賦之

去歲無蘭四座空，今年遠致慰幽衷。何來衆草落殘後，獨見一枝冰雪中。晚節清嚴能自昇，真香冷淡有誰同。先春惠我須乘早，多少江梅在下風。

即事絶句

鎖篆清閑只似仙，不形灾歉益翛然。遥聞向晚歌聲動，喜得人家過小年。邑人以十二月二十四日爲小年。

正月三日雨己酉

遥翠入新年，雲氣生盤陀。好風吹雨來，流潤春庭柯。人心既爲懌，其聲聽亦和。先冬未見雪，旱乾將奈何。此邑被灾患，憂之如病疴。惟視鏡中髮，華者日益多。得兹將雨澤，隴麥烟光摩。斯民有所望，余喜自非過。遠聞滿城郭，簫鼓相與歌。命酒向天際，不知顔已酡。

四日雪用前韵

晨窗如月明，雪下盈坡陀。起來望階除，冰玉交枝柯。歲初將及春，寒踈中已和。平野昨朝雨，懷新苗若何。雨凍成皓潔，仙藥去沉疴。是物找豐稔，兼消群沴多。高高湖上山，素色雲相摩。雲亦有好意，縹渺庭前過。對之怡我衷，巡檐行且歌。爲念田舍酒，應見人微酡。

板橋道中

四圍山色碧無涯，春雨初晴淑氣賒。一路香風吹不斷，亂松聲裏見梅花。

雨中登岳陽樓，同余松泉賦

去年筵對浪花開。客夏燕此，即事有作。今日登臨此共來。眼底君山隨雨没，烟中湘水向樓迴。時湖水消退，惟江一帶繞城北下。三生勝迹資公事，七字高吟屬霸才。自是餘緣成雅興，憑闌莫放酒盈杯。

雪後自岳陽歸

渡江歸及晨，凍雪滿烟樹。回首視君山，皓然一米聚。道失絶人迹，彌望皆積素。春入寒已陎，景佳情所務。清與心同閑，痡爲僕夫顧。惟念隴麥宜，隨行不知暮。

經穆城城西南三十餘里

到來何事亂烟紛，古壘荒荒護陣雲。經水野原遺竈出，有時風雨戰聲聞。千秋壁立今猶昔，八面營開合復分。自識忠心爲鞏固，令人常憶岳家軍。

赤亭

赤沙湖上赤亭遥，釋子將兵嘆六朝。古刹殘碑都已了，可憐何處問遺標。

自赤沙歸

沙際一輿行，春烟澹可悦。林梢來暮寒，遥望數峰雪。

喜晴

臥聞春鳥聲，晨起見新晴。初日澹烟合，滿庭芳草生。所怡田水足，爲想野人耕。小邑無多事，相照盛此情。

寄葉松橋少府澧州

世間何事是同心，日日相思不自禁。君到桃花潭上去，春波可似此情深。桃花潭，汪倫送太白處，在澧州。

清明日，步出西原上眺望，歸命酒飲，即席用昌黎《寒食日出游》韵

雨淋不止鬱如病，起見放晴情轉盛。遥望四山蒼翠新，虚堂孤坐鬚眉映。客來爲語清明及，緑柳紅桃蔚相競。我輩思家空復深，不如一觴還一咏。却言散步同逍遥，公也長官守其正。我謂抗懷友古人，書册事美何妨更。小邑簡陋惟任常，輿出每煩再三命。那無逍遥散步從，莫學塵俗誇寸柄。我昔追歡等閑往，遇節重行乃自慶。道中所欣士女偕，和易欲親倍於敬。齋居與稽遺訓嚴，繩檢誰容索渺敻。紛沓道中觀我民，只此情景念賢聖。世上寵辱驚弗知，聊共我民歡喜并。憺屬諸君意實佳，即是隨境即宜性。有樂心得境從之，坦夷千倍縱且横。步力自强亦自嗤，劣能先視濃春迸。草香無際真連娟，返照湖光啓朝鏡。絶少斜曲當我心，我民可想我爲政。陳迹叙列總平平，前弱益求後者勁。今日千古此清明，諸君慎勿忽酒令。

歸自郡行東山道中

路倚丹崖繞緑畦，秧針乍冒影初齊。春坪露濕生芳草，麥隴朝晴見野鷄。湖近水烟相與勝，翠深山徑欲爲迷。南來所感輿人瘁，不得從容信馬蹄。楚南道險，官鮮畜馬者。

經食成臺作

荒臺迴陣雲，白日黯空濛。平曠一里間，千古昭遺忠。聞昔成此臺，欻然才食終。争先各用命，士亦心能同。貯糧計旦夕，戒備嚴厥衷。始知敵無大，輕忽非所崇。洞庭春始波，浩蕩臺之東。雲夢盛烟草，茫茫連碧空。俯仰古臺下，我懷何有窮。

階閑

階閑景静澹烟冥，菁菜花開滿一庭。却感遥原鄉夢遠，望中春樹曉青青。

晨起以蘭露和酒飲之

幾日幽蘭盛有芳，起來花氣滿虚堂。收將瀝液枝間露，浸入心脾味外香。此事能閑容獨享，何人在古可同嘗。風塵十丈難私慰，好向公餘進一觴。

四月十六日歸自郡道中即事

水後灾民倍係情，日增糧價百憂生。行歸不遠東山路，喜聽人家打麥聲。

縣齋

田歌四起解人顏，大麥登場食不艱。花氣自深書幌静，鳥聲時至訟庭閑。心清可信無慚汗，政拙何知未曠瘝。食罷焚香相對久，城頭翠滴幾重山。

岳陽晤張先甲 湘筠師仲子

昔從我師髫尚留，君與我氣皆橫秋。我師視我殊匹儔，希文畫粥中無羞。别後屈指三十載，相思願見安所由。回憶春風歲辛丑，與師得聚金臺陬。我獲一檄師弗遇，送師河上水東流。自來南楚杳音問，洞庭波遠深離憂。若榴花照岳陽樓，樓邊有客初繫舟。欻然會面各非昔，我鬚欲蒼君鬚修。我師既已痛梁木，弟子薄宦同梗浮。瀟湘自古騷人地，與君携手芳杜洲。功名富貴君何求，澧蘭沅芷心悠悠。奉君大白銷舊愁，常守我師誨我意。且暢此懷湖水頭，與君細話平生游。

五月十一日，由岳州赴長沙，洞庭晚泊

去年一棹沅江水，難日思親百緒紛。今夜泊舟明月下，有懷空望洞庭雲。是日，余生日也。

劉娥嘆

攝臺灣彰化篆鹿門劉司馬季女死林寇之難。

青松非凍霜，不見挺持力。白璧非緇塵，不見孤潔色。臺難誰所啓，娥乃成厥德。東望滄海水，鯨儛波亦息。夕陽精衛飛，哀此恨何極。

題宋元人畫册六首

李營邱山水

夙昔晴嵐卷，長歌亦盡情。何知踈澹絶，味外更難名。

米襄陽楚山雲雨

以情不以形，我亦畫烟雨。今見楚山圖，情移奈何許。

燕仲穆雪景風林

四山積素寒，朔風晚逾烈。感我風木懷，盈襟沾泪血。

徐熙秋荷

久聞落墨花，著色乃如墨。一葉倚西風，蕭寥靜不極。

劉松年山水

寶籙宮成日，堂嬉畫院酣。烏頭難白後，復此畫江南。

趙子昂馬

烟草滿諸陵，冬青落殘暮。當年汗馬勞，杳杳吹臺路。

又五月二十四日，自長沙往岳州

雨少江無漲，清澄衹似秋。諸峰來遠碧，一棹下湘流。岸闊沙痕出，雲深渚樹幽。有時聞粥鼓，何處成僧留。

二十七日洞庭阻風

轟雷四合震聲迴，五月風高纍石開。雲自浪中平卷出，水從天上倒飛來。洲邊鷗鷺猶難定，望裏蛟鼉莫自猜。幸得輕舟先近岸，憺然相對酒盈杯。

纍石山百合花

一枝百合香聞處，山滿夕陽烟草多。却憶西陂園裏見，鄉思深似洞庭波。西陂爲宋綿淮山人别墅。

蕭明府敬齋見惠君山茶

平生性僻無别好，茶白墨黑香滿亭。茶潑如乳墨磨漆，吸茶試墨花冥冥。到楚磨墨猶似昔，祇茶難得心自惺。沸耳君山雨前葉，三年夢想徒美聽。何幸好友巴陵宰，雪芽貺我雙玉瓶。光澄瑶液芬溢室，蒙頂盛名疑不經。風生豈止怡兩腋，鼓瑟仿佛來湘靈。岳陽樓古幾百載，其下千里浮洞庭。秀菊芳蘭各异色，芙蓉芰荷衣佩馨。爲煮一甌携墨瀋，放懷遥對君山青。

由郡回邑入舟阻風不能去

湖水本難定，不風常起波。有時風一來，波立如山阿。因之念古人，涓涓戒江河。當令沸者静，勿俾平者頗。思静乃滋擾，激蕩心感多。入舟四回望，洄涌將奈何。縹緲岳陽樓，驚濤遠相摩。此際視形勢，滄溟直欲過。時久理宜息，安待怡天和。沽酒且自進，對之成浩歌。

維舟城下三日風猶不止

欲去何能去，濤聲日倍加。長風吹水立，曠望失天涯。夢澤連烟色，君山没浪花。安心成獨賞，此景向來賒。

六月十七日立秋

空青遠照石盤陀，早起天清爽籟過。江上離憂今後長，楚中秋氣古來多。西風日至將難已，北雁無情奈若何。最有聲聲相感切，蕭然木葉洞庭波。

秋夜城西湖泛舟

遠翠如屏早夜横，相招載酒洽幽情。平田幾處澆秧急，别浦時聞下網聲。秋水影浮孤月上，藕花香送一舟行。淡妝濃抹傳名勝，可似今游景最清。

喜雨十五韵

容城田壤肥，每歲嘗三登。麥稻復雜糧，迭收民所憑。今年入秋後，溽暑猶蒸蒸。凉節經白露，益苦炎熱增。晝日沾汗卧，夢想鄉園冰。大梁夏日市冰水，與都門同。晚稼尚須雨，相對憂弗勝。愁見我民士，霍如師失鷹。告神夜壇肅，鄙誠香共升。四山上雲氣，空際迴且凝。颯沓作飛雨，瞻望闌獨憑。庭花及池草，一時皆已興。遥念懷新苗，欣欣滋野塍。去夏被灾患，豐稔幸能承。守土得人足，極樂情軒騰。更好清風來，驅此紛集蠅。

刲股篇爲邑童子常鏡賦

余莅華容既三載，有孫刲股群相傳。我民好義諸父老，列詞告余陳末願。常氏子鏡才十九，就傅於外魂夢懸。歸省大母見疾草，不言不語心茫然。中夜徬徨遽無計，焚香密禱香泊天。持刀向股竭愚理，所思萬一能安全。是時望後秋月白，刀光濡血血色鮮。血色刀光月倒射，驚走一竪垂天憐。取肉作湯進半七，初來氣息猶綿綿。我聞此事嘆者再，至性惟急情乃專。好名傷生慮自古，著令毋旌疑或偏。此孫僻處復年少，豈念名美留青編。迫切倉皇出篤愛，身弗暇恤知汝賢。勖汝懿資進學問，終成偉器衷欲堅。流俗内行每澆薄，江河日下難回旋。亟予褒獎示摩厲，守土激揚宜獨先。重以作歌風人世，且爲我民興起緣。

赴郡墨山道中作

九月風高景氣森，行行一路足幽尋。丹黄木葉霜初落，蒼翠烟嵐夕正陰。絶境由來天下少，清秋况是望中深。麥苗新長蕎花滿，有歲尤關守土心。

九月十七日阻風作歌

岳陽城下一江水，如隔溟海三千里。白浪高於洞庭山，北風浩浩猶不已。

十月十二日赴長沙

解維向晚暮，水落烟茫茫。月出猶未息，四望流清光。風閑波亦平，不知所行長。洞庭數經過，遷變如滄桑。炎夏激浪處，麥苗何翠蒼。景佳理自適，夜静心俱忘。停泊儋無寐，遠雁鳴且翔。

楓樹鋪道中即事

大江西渡轉平塗，堠望相連未覺紆。入夜行人猶在野，誰家少婦正當壚。紅楓葉下霜華冷，白箬烟深月影孤。最感經年常過處，一番俗敝一嗟吁。

二十九日回邑舟中作

雲陰積翠矗高寒，一棹空江獨自看。好是隨流初不覺，石尤風裏過銅官。

東湖

東湖三回行，西湖七回行。北湖六回行，南湖九回行。八年宦迹洞庭水，紛似荇藻交相縈。今又買舟返我邑，循南轉西湖水清。舟人語我中湖過，直往可省兼日程。我語舟人勿徼幸，法當戒險遵其平。旦夕大風忽然起，波立如山雷驫驚。老鼉驕恣黿縱横，惡烟毒氛失晦明。爾帆一片席，爾舟一葉輕。力不能與之敵，勢不能與之京。求速得險悔奚及，雖有智者難爲情。豈若依我且紆道，一日二日重丁寧。安坐閲書任爾蕩槳去，既弗恤風波，亦何計陰晴。

十一月十九日接葉少府書

政拙由來信，何知吏議深。三年無赧汗，一笑可抽簪。薦牘原難稱，時蒙補大中丞奏請。貧官豈易任。浮雲天際去，且與遣余心。

十二月五日用前韻

下下陽成考，情閑罪實深。忽聞經滁雪，俱可復朝簪。同被議者十餘，畢大制憲皆奏留。自愧真無狀，相期又有任。兢兢民社重，益勵小臣心。

十二月十日赴郡行板橋道中

麥苗將長豆苗踈，山田多種蠶、豌、扁各豆。潑眼山光雪霽初。梅花似得春來信，不住香風到笋輿。

余夙昔讀何大復先生《雲溪古松歌》，嘗嘆想焉，十二月二十日，因公至雲溪，求所謂古松，一無存者，感而賦之

雲溪松植自忠武，松爲岳鄂王植。丹赤盤鬱晦陰雨。信陽大筆真淋漓，常使大忠照千古。我來惟見

烟杳濛，四望遼落號北風。却與華容驛路似，華容驛路松亦忠武所植，劉忠宣大夏有七律一章。蒼蒼一掃山原空。召伯之棠謝公埭，汗青書美褒遺愛。有人宜有天性存，此松盡伐何肝肺。當年士馬倥偬行，猶深垂庇行路情。聖賢屬意必久遠，豈以微軀朝莫營。至今遥想作歌日，蔽霄炎夏午凉出。負者忘勞戴者謳，臨池興發故奇逸。忠武大忠愚匹信，信陽大筆春霆震。可憐磊砢歲寒枝，竟任樵蘇絶無吝。信陽作歌先感長，恐豪家子爲棟梁。伐以爲梁罪十倍，灰飛徒貽天下傷。松以全伐難復起，徬徨太息那能止。重誦信陽古松篇，大忠遺愛弗遺矣！

二十二日回邑夜渡洞庭

沙出餘一江，水落寒無聲。早夜如葉舟，徐徐引棹行。回念炎夏日，浪起君山平。今過祇衣帶，變遷感我情。隔岸視漁火，遠波相滅明。

正月七日，兒子入塾，弱孫自往從之，喜而賦此庚戌

生以書爲家，相守廿餘世。至余何敢忘，開塾如望歲。愍孫脱襁褓，居然有夙慧。隨叔拜師前，不憚師嚴厲。人立惟性成，業卒在幽契。所求先志承，安論一科第。命酒再三酌，樂情浩無際。

早春作

湖城篆鎖如深山，有鵲來巢庭樹間。曉夕相呼常自得，階除取食一何閑。萋萋芳草雨餘長，澹澹白雲天際還。清心時聽鵲聲起，游目空濛開我顔。

患瘍

鴆毒不可安，福過灾乃生。伊余澹蕩人，泊然本無營。適得此微禄，食之凛中情。事簡猶恐曠，朝起天弗明。養身偶未檢，灾至爲縱横。厥疢雖匪内，持戒交且并。端居静自飭，藥石求其平。

二月六日往安鄉道上見棣花憶東青

當日家園對一枝，相歡那解有離思。只今白鼎山中路，腸斷春烟獨見時。

十二日往九都

渺渺春陰細雨霏，輿中曠望野烟微。蕎方坼甲皆能盛，麥已揚旗不慮飢。余鄉以將苞餘一葉爲挑旗。遥碧作圍雲夢合，亂流如織洞庭歸。爲懷古迹行相訪，舊壘荒城燕子飛。道經赤沙湖、穆城等處。

往東山道中見林竹悉結實

鳳皇千仞彩披離，取食常艱獨苦飢。忽見林間香實滿，摘來烟外亞枝垂。雲晴野徑清明後，草長春山上巳時。相待九苞堪一飫，悠然久對使人怡。

三月四日早由塔市歸邑山行

磴道盤遥空，晨行宿雨濕。一輿雲根上，輿内雲出入。山翠復霏微，我衣爲之襲。磴轉岸際平，春遠好風集。花香何處來，郁郁如可挹。理適物皆遂，心清景亦給。緬想古人游，邈然嘆靡及。

經多香林東山地名玉蕊花盛放

香密修竹間，游目杳何極。不見仙人來，春烟雪一色。

三月二十三日，風雨，與鄭巴陵櫂亭自團山回岳陽兩邑民争湖草會勘

浪起與山平，浮空一葉行。蛟鼉隨出没，風雨任縱横。所仗惟忠信，何知有死生。同舟王事塵，益重此時情。

四月二十七日，再用得葉少府書韵留别

獨幸經俞後，蒙畢大制憲奏留，奉旨例應免議。文微德轉深。復以與例相符引見。全能瞻日月，况已賜纓簪。聖主恩無極，小臣感弗任。優游聊此夕，莫慰是離心。

五月十四日，解維三日至長沙即事

盛夏多南風，炎炎無已時。安得北風來，使我帆如馳。發舟視五兩，直指湘水湄。青草與蘭澤，洞庭出餘支。一夕倏皆過，睡蛟昏不知。朝望岳麓山，青青照鬟麋。信我非天窮，舒嘯情自怡。

和韵彭金華北渚過長沙見寄之作

自慚樗散甚，難與報功成。豈有心勞益，空貽政拙名。假途仍契闊，别緒正縱横。悵望長沙渚，雲陰日暮生。

和王太守蓬心先生畫卷，原韵奉恩大廉憲教

浮天江水闊，極目野烟微。古屋空山路，有人獨掩扉。雲深林更密，雨後草初肥。此境時披晤，

悠然得所依。

三昧原游戲，參來寂莫濱。久餘毫素興，況與碧湘因。累世專家學，太守爲麓臺先生孫。前身衆妙津。爲思天趣浹，暇日玩應頻。

五月二十五日由長沙至岳州舟中作

接天千里碧湖光，公子相思不可忘。君山的的如迎客，一葉風帆到岳陽。

同友人登岳陽樓

岳陽城下洞庭邊，共上高樓望渺然。積氣盤空雲立岸，回光浴日水浮天。相逢境勝何如夢，暫得身閑即是仙。自喜湖山登眺久，重來好與了餘緣。

岳陽樓小集用前韵

樓前水碧浩無邊，樓上風清日颯然。入座湖烟通白晝，倚闌人影落青天。懷當騁處何知暑，樂到真時不用仙。此事此樓寧有幾，莫將陳迹証隨緣。

友人和岳陽樓作仍用韵答之

盛夏風迴碧漢邊，放情吟望各翛然。危梯照木空無地，遠艦如凫直上天。雲夢此時觀蒂芥，蓬萊何處説神仙。得君雅和酬名勝，不負千秋翰墨緣。

題《畫柳》留别

洞庭湖上欲秋時，一曲離歌折一枝。他日不堪回首處，冷烟殘笛雨絲絲。

謝友人惠六安茶

家去六安二百里，一旗每嘗穀雨水。幾年來試君山芽，舊夢鄉關感不已。好我忽貽雙玉瓶，煮成三啜香冥冥。恍然潑乳春暉館，數峰遥對天外青。

獨酌

人事不可知，君子守其正。愆尤非已招，枯菀乃天命。颯颯西風來，秋氣一何勁。弱草隨飄泊，落葉□日盛。此時視竹柏，依然翠蒼映。即景箴我心，在困益持敬。客舍聊優游，酒餘發高咏。

和韵奉酬吴裴堂見贈之作

鬋也古逸人，與俗殊寒燠。相逢城市間，邈若在空谷。贈我真性情，感我再三讀。我懷一澄澈，夙垢得新沐。同醉巴陵酒，景勝慮難復。洞庭碧接天，其波淼秋縠。中有离騷音，依希墨瀋馥。我來千載後，欣慕及僮僕。今見松柏姿，磊砢照節目。唾咳珠玉霏，夜深鬼欲哭。自悔落塵網，益羨長幽獨。珍重此瑶華，下風拜且伏。

七月二十七日回長沙阻風

葉下洞庭飛怒濤，三朝不住北風號。岸邊山與湖中水，白浪翻争積翠高。